SIDNEY FERNANDES
Sob a Luz que Liberta
ROMANCE
UMA HISTÓRIA DE RECONCILIAÇÃO

Dados Internacionais de Catalogação na Publicação - CIP

F3621 Fernandes, Sidney.

Sob a luz que liberta / Sidney Fernandes. -- Bauru, SP: CEAC, 2018.
288p.; 14 x 21 cm

1. Espírito 2. Lei de Amor 3. Redenção 4. Liberdade I. Titulo.

CDD 133.9
CDU 133.7

Capa
Milton Puga

Diagramação
Renato Leandro de Oliveira

Revisores - Colaboradores
Aylton Paiva - Edmir Garcia - Edson de Oliveira
Francisco Habermann - José Mauro Progiante

1ª Edição – março de 2018

3.000 exemplares

Edição e Distribuição

CEAC
EDITORA

Rua 15 de Novembro, 8-55

Fone: (14) - 3227-0618

CEP 17015-041 – Bauru SP

www.editoraceac.com.br

www.radioceac.com.br

www.tvceac.com.br

www.ceac.org.br

1919ceacbauru

Assim é que, gerando novas causas com o bem, praticado hoje, podemos interferir nas causas do mal, praticado ontem, neutralizando-as e reconquistando, com isso, o nosso equilíbrio.

André Luiz

Segundo Emmanuel, o Espiritismo revela uma ampla concepção de justiça, chamando-nos à responsabilidade para o nosso ajustamento aos impositivos da Vida Universal Perfeita.

Em busca da conscientização que as várias encarnações nos propiciam, recapitulando as experiências vividas, vali-me de temas, situações, descrições da vida espiritual e, principalmente, das lições morais contidas na Coleção A vida no mundo espiritual, *de André Luiz – Francisco Cândido Xavier, a quem credito todo o conteúdo e mérito deste livro.*

Respaldo doutrinário, transcrições e adaptações também tiveram como fontes as obras de Emmanuel, e, naturalmente, as obras básicas de Allan Kardec, e de outros autores, cujos créditos foram devidamente registrados.

Em cada nova encarnação o espírito recebe um novo nome, geralmente adequado aos costumes e à época em que está vivendo. Esclareço ao amigo leitor que, nesta obra, mantive os principais personagens com os mesmos nomes, para facilitar sua identificação.

O autor

Sumário

SEGUNDA PARTE

Processo de redenção

TERCEIRA PARTE

De volta ao presente

QUARTA PARTE

O amor transforma

1

PRIMEIRA PARTE

Almas que se perdem

1 – Mestre Apolo

Assembleia de notáveis. Assuntos de alta envergadura e de interesse à evolução da Terra. Aquietaram-se os presentes.

Em dado instante, como houvesse se materializado inesperadamente na tribuna ou até ali fosse ter através de porta oculta à observação do auditório, um homem, envergando túnica lirial, saudou a assembleia, reverente. A entrada triunfal fez com que todos se calassem. Na presença de mestre Apolo ninguém se atreveria à distração ou à mínima interrupção que desviasse a atenção dos que ali estavam momentaneamente afastados de suas importantes e nobres funções, em torno daquela sublime figura que, em seguida, iniciou sua palestra.

Alertou que a alma recebe, em qualquer ocasião, o resultado de suas criações individuais e que a reencarnação obedece aos imperativos de suas necessidades, para que se amolde às regras divinas. Lembrou ainda que a morte não representa, como muitos religiosos da Terra equivocadamente julgam, o descanso eterno, e sim estágio evolutivo para novas oportunidades de aperfeiçoamento.

Dezenas de espíritos presentes, comovidos, banhavam-se em lágrimas. Elevou-se ainda mais a vibração do ambiente e, de repente, quais pétalas de flores, finas linhas de luzes cruzaram o espaço daquela abençoada nave. Do tórax do preletor irradiava-se uma chuva de luzes, inundando o salão. Poucos conseguiam sopitar o pranto. Jorros cristalinos caíam sobre todos os presentes.

No auge daquele banho de energias renovadoras, para

espanto e surpresa de todos — exceto de Apolo e de seus mais diretos auxiliares —, os painéis eletrônicos passaram a detectar estranha e inesperada aproximação de três bruxuleantes luzes.

Impossível a aproximação de qualquer espírito àquelas cercanias, ainda que de mediana posição evolutiva. Ali encontravam-se a considerável distância e em região inacessível aos terráqueos comuns.

A viagem da Terra até aquelas paragens somente poderia ser realizada por condutores e veículos adequados, ou por entidades especializadas que já detivessem altíssimas técnicas de volitação, habilitados a viagens de longa distância.

Além disso, os círculos magnéticos que envolviam aquelas regiões superiores impediriam a aproximação de qualquer entidade, com vários filtros que selecionavam os espíritos autorizados, de acordo com suas faixas evolutivas.

Não obstante, os painéis não mentiam. E a percepção do mestre Apolo, sem necessidade de qualquer instrumento de detecção, identificou a aproximação de três vultos encarnados, com seus longos rastros caudais perispirituais, que os mantinham jungidos aos seus corpos carnais.

Desligados os alarmes, vislumbraram-se os vultos de três criancinhas, muito novas para os padrões terrenos, estacadas diante do portal dos luminares, última barreira que não se atreviam a transpor.

Apolo dirigiu-se até o último obstáculo que impedia o acesso final das intrusas visitantes, que ousaram interromper conclave de tal magnitude e importância.

Diante de absurda luminosidade, quedaram-se as criancinhas, genuflexas e emudecidas. Somente assunto de altíssima relevância lhes teria servido de passaporte para superar todas as barreiras que separavam aquele sublime núcleo do planeta Terra.

Ciente, de antemão, da larga importância de que deveriam se revestir os assuntos que trouxeram as pequenas até sua presença, com um rápido gesto, Apolo, o amável dirigente, estendeu suas mãos espirituais e descerrou-se a última barreira.

— Perdoe-nos a ousadia de nossa presença, mestre — começou Viviana, a maiorzinha do grupo, que olhos mortiços da visão terráquea não lhe dariam mais do que cinco anos de idade, ao lado de suas irmãs Lorraine e Palominas, com quatro e três anos de idade, respectivamente.

— Precisamos de sua sublime intercessão para darmos prosseguimento à tarefa que nos confiou.

A um silencioso gesto de Apolo, seus auxiliares mais próximos assumiram a direção do conclave.

Generosamente — com a intenção de justificar aquela interrupção e, ao mesmo tempo, cientificar a numerosa assembleia dos motivos que estavam determinando sua súbita retirada do recinto —, o alto dirigente espiritual permitiu a visualização de rápidas imagens que sintetizavam a missão das improvisadas visitantes.

Num átimo, projetaram-se todos os cenários e enredos, do presente e do passado, de todos os envolvidos e protegidos por aquele grupo, tutelados por aquelas, aparentemente, simples e ingênuas criancinhas.

Embora revestidos da aparência infantil, eram espíritos ligados a comissões e agrupamentos de socorro que integravam operoso conjunto de serviço em regiões menos evoluídas. Auxiliavam ignorantes e sofredores nos círculos imediatos à crosta terrestre.

— Mestre, não estamos conseguindo progressos na missão que o senhor nos outorgou. Embora estejamos persistindo, chegamos a um impasse aparentemente intransponível — voltou a manifestar-se, preocupada, Viviana.

Mestre Apolo isolou-se com os emissários em sala discreta. De repente, fez-se ouvir um chamado. Jonakin e Filippo deveriam participar da importante conversação.

2 – Jonakin e Filippo

— Como chegaram até aqui? — disse Jonakin de inopino, aos visitantes, proferindo a pergunta que devia estar representando a perplexidade de todos os presentes.

— Jonakin — adiantou-se mestre Apolo, abreviando qualquer distração, diante do quadro sério por ele já assimilado. Estas irmãs, embora encarnadas, são protetoras designadas por nossa unidade de trabalho. Desde o momento em que concluíram pela necessidade deste colóquio, nossas enviadas Milene e Sofie, protetoras do humilde lar da família Valverde, na crosta terrestre, enviaram urgente pedido de instruções e, ao mesmo tempo, de proteção à nossa rede de colaboradores.

— Sob minha orientação, Sofie permanece na Terra,

prestimosa, cuidando de Francesca e de Petrus, este ainda sob a implacável perseguição de Joanes. Com Milene liderando o cortejo — e um verdadeiro corredor de proteção providenciado por abnegados trabalhadores —, aqui chegaram com a aquiescência do nosso grupo de operários do bem.

Filippo ainda se sentiu tentado a esclarecer outras dúvidas que a sua curiosidade suscitava. Aquietou-se, porém, diante da disposição de Apolo de ministrar as instruções que iriam nortear uma nova missão de trabalho.

— Jonakin e Filippo: quero que acompanhem Viviana, Lorraine e Palominas de volta ao regaço terrestre. Elas protegem Joanes, Francesca e Petrus desde as suas primeiras defecções, há alguns séculos, em busca de suas regenerações. Precisam de ajuda, pois se avizinha estado de prostração, desânimo e inércia, em seus ciclos evolutivos.

— Diante da necessidade de assumirem seus corpos físicos nas próximas horas, torna-se premente a utilização de veículo adequado para o retorno. Nossos convidados, jungidos ainda à matéria densa, não dispõem, no momento, de pleno poder de volitação. Além disso, protegidos pelo carro impulsionado por fluidos elétricos acumulados, superarão perigos e obstáculos da jornada, sem a necessidade do aparato montado por nossa equipe, na jornada que aqui os trouxe, sãos e salvos.

Preocupado com a importante reunião da qual inopinadamente se ausentara e, em respeito à assembleia que certamente aguardava ansiosamente pelo seu retorno, Apolo abençoou o improvisado conjunto de serviço, dizendo:

— Reportem-se diretamente a mim, quando precisarem. Que Deus os acompanhe.

A pequena máquina, mais parecida, aos olhos do habitante terrestre, a um pequeno automóvel de asas, dirigida por condutor adestrado, já cientificado pelos assessores de Apolo de seu itinerário e destino, começou a deslocar-se lentamente até atingir a velocidade de cruzeiro.[1]

Jonakin e Filippo, já acostumados com a volitação rápida e à locomoção através do aparelho, sabiam que as três criancinhas iriam estranhar a viagem de volta. Por isso, para que não se sentissem inseguras, julgaram-se no dever de descrever os cenários pelos quais iriam passar, durante o percurso.

3 – De volta à crosta

Os dois mentores nem precisariam se comunicar oralmente, por já manterem um plano de perfeita sintonia de pensamentos. Não era o caso do condutor e das conduzidas. Dessa forma, abstiveram-se de exercer, durante a viagem de volta à Terra, suas faculdades.

— Jonakin — indagou Filippo. Poderemos chegar com o carro até as imediações do lar dos Valverdes?

— Não, pois a partir de certa distância o veículo permanecerá no ar a reduzida altura do solo. Desceremos em local já designado à parada final, que representa também sua área de manutenção. Dali conduziremos nossos passageiros pela volitação, de forma a vencerem as resistências vibratórias. Atentemos para a paisagem à nossa volta, cuja observação sempre nos serve de alerta e conhecimento.

Com surpresa, todos passaram a reparar nas sombras que rodeavam a pequena nave, denotando mudança geral. Condensação de emissões vibratórias inferiores, provindas da humanidade encarnada e de desencarnados infelizes, começaram a rodeá-los, denotando as dificuldades que as passageiras tiveram em sua vinda, e teriam agora no retorno, se não estivessem sob a tutela dos orientadores designados por Apolo.

Figuras disformes afastavam-se com a passagem da nave, escondendo-se em escaninhos do caminho.

— Estamos passando por estes caminhos com necessária prudência e atenção, pois são habitados por infelizes irmãos rebeldes que abusaram da existência física e ainda portam fluidos pesados de culpas, remorsos, ideias negativas e também de arrependimento pelas oportunidades desperdiçadas em suas últimas encarnações — informou Jonakin.

Quase às cinco horas da manhã, no fuso horário do objetivo final, o condutor estacionou cuidadosamente em local destinado ao abastecimento e reparação do veículo com o qual venceram a grande distância, sem qualquer sobressalto.

Dali, sob a condução dos guias espirituais, as pequenas companheiras se aproximaram de seus corpos físicos, onde também se encontravam as vestimentas carnais de Francesca e de Petrus. Sofie as aguardava, já alertada da aproximação da comitiva. Enquanto, prestimosa, Milene conduzia as criancinhas à breve retomada da consciência infantil, Sofie apresentava a Jonakin e Filippo o quadro dantesco que os esperava.

Parcialmente libertos de seus corpos, porém sem detectar a presença dos visitantes, encontravam-se engalfinhados Joanes e Petrus, com Francesca, bem-intencionada, porém com parcas forças, tentando minimizar os embates. Dali a mais alguns minutos os encarnados voltariam às suas vestimentas físicas. Com certeza, infelizmente, o perseguidor incansável daria sequência à sua secular vingança.

Assim que acomodadas as crianças, Milene e Sofie, atendendo orientações adrede recebidas da unidade de trabalho da espiritualidade, estabeleceram ligações magnéticas dos três personagens que seriam objeto dos estudos e atividades, de forma que Jonakin e Filippo passaram a receber informações detalhadas de Petrus, Joanes e Francesca, desde as primeiras encarnações delituosas.

Foram dezenas de anos e vidas, circunstâncias e tentativas de apaziguamento, oportunidades e reflexões, dolorosas experiências, por que passaram aquelas três almas. Era preciso conhecer a epopeia vivenciada por aquele trio sofredor, para que os socorristas pudessem auxiliar no prosseguimento do plano de trabalho elaborado, a fim de cumprir a missão designada por Apolo.

4 – Quadro dantesco

Antes de partirmos para as descrições pretéritas, que deram causa à situação atual de nossos personagens, façamos breve descrição do triste quadro que ensejou o pedido de socorro das crianças que ali habitavam.

Era um autêntico caso de obsessão, em que os personagens se converteram em recíprocos algozes, tal o espetáculo de dor e miséria por eles vivenciados.

Francesca encontrava-se em situação bem melhor, pois já havia aprendido a usar a bússola do perdão e do bem. Conseguiu afastar-se dos inimigos do passado e já não lhes sofria perseguição, principalmente porque tornou-se valiosa conciliadora das partes em litígio, como verdadeira mãe que procura apaziguar os contendores. Quanto a Joanes e Petrus, a situação era bem diferente.

No passado, Jonakin e Filippo já haviam prestado assistência a muitos espíritos na condição da dupla examinada, em câmaras retificadoras de muitas instituições socorristas. Aqueles sofredores estavam, todavia, em quadro de reconhecimento e de arrependimento.

Jamais haviam encontrado situação igual à de Joanes e Petrus, que pareciam usar única vestimenta perispiritual, como se fossem irmãos gêmeos monozigóticos, também chamados de xifópagos ou siameses. Petrus, o encarnado, abatido e pálido, jazia absolutamente subjugado à entidade do plano invisível, imóvel, com forte tensão nervosa, sem divisar a presença dos dois assistentes, nem a de Joanes, seu perseguidor.

Fios tênues os entrelaçavam, tornando-os prisioneiros da mesma rede fluídica, aparentemente ambos intrincados entre si, muito provavelmente compartilhando os mesmos pensamentos, como que oriundos de um só cérebro.

— O sofrimento de tantos séculos não os despertou da animalidade? — inquiriu, preocupado, Filippo.

— Estamos, caro amigo, diante de legítimos casos de

doentes que se deixaram dominar pela perversidade, pela revolta e pelo desespero — tentou responder o companheiro.

— Aqui temos dois enfermos, um na carne e outro fora dela. Sintonizam-se entre si, odeiam-se, desesperam-se e não conseguem se libertar das perniciosas ideias de tormento, aflição e vingança. Seus perispíritos estão completamente desfigurados e precisaremos conhecer-lhes a história, para encontrar o fio da meada que nos conduzirá ao melhor remédio.

Assim que terminou sua fala, na esperança de ter transmitido algum esclarecimento ao companheiro de jornada, Jonakin estendeu suas mãos, no que foi seguido imediatamente por Filippo, sobre a cabeça dos dois doentes, um desencarnado e o outro ainda preso à carcaça física.

Enquanto procuravam dar alívio àqueles dementados irmãos, sentiram imediatamente a extensão do envenenamento dos centros ativos das duas organizações perispirituais, verdadeiros núcleos magnéticos capazes de atrair, de muita distância, inimigos e desafetos de eventuais atividades criminosas, em que ambos se envolveram no passado.

Era preciso tomar conhecimento das informações disponibilizadas por Milene e Sofie, tanto originadas de suas observações pessoais, pelo tempo de trabalho junto à família Valverde, quanto oriundas dos arquivos espirituais, liberados pela equipe de Apolo.

5 – O início do feudalismo

Os dois espectadores sentiram-se transportados para outra época e lugar e logo identificaram os personagens e o início dos enredos que precipitaram seus atuais sofrimentos.

***

A crise econômica e política do Império Romano e as posteriores invasões germânicas provocaram a fuga dos centros urbanos europeus, o corte das comunicações com as áreas rurais e a necessidade de autossuficiência.

Em seguida vieram os muçulmanos, que se achavam no direito de invadir e saquear as terras dos cristãos, chamados por eles de infiéis. A pirataria muçulmana impedia a navegação de barcos cristãos pelo mediterrâneo, isolando a Europa do oriente, quase provocando o desaparecimento do comércio.

A seguir começaram os ataques dos normandos (vikings), que vinham da Noruega e da Dinamarca, pescadores e piratas que aterrorizaram as Ilhas Britânicas e a França. Como não havia na Europa força militar para contê-los, a insegurança, com o tempo, tornou-se geral.

Estavam criadas as condições que iriam culminar na consolidação do feudalismo. A autoridade política máxima era o rei, suserano dos grandes senhores, que não prestava vassalagem a quem quer que fosse. Na realidade, o poder se fragmentava entre os senhores feudais, com uma estrutura política descentralizada e localizada.

Para contar com o maior apoio militar possível, os

grandes senhores procuravam ligar-se a senhores menores. Com isso foi criada a figura da subenfeudação, uma espécie de subarrendamento em benefício de outros nobres. Isso fez com que alguns senhores feudais fossem vassalos de um senhor e suseranos de outros.

***

A epopeia vivida por nossos personagens iniciou-se quando o Rei Leonardo cedeu grande extensão de terras de seu império a um de seus nobres, Joanes, que, por sua vez, subarrendou uma parte de seu feudo para Petrus, que a explorava com sua família.

Aquele ano fora de baixa produtividade, por causa da longa extensão do inverno, impondo limitada colheita. Com isso, Petrus, sua esposa Francesca e seu pai, por mais que se esforçassem, não conseguiram cumprir suas obrigações consuetudinárias devidas pelos servos a seus senhores, tanto em produtos, como em serviços, elementos essenciais para a manutenção do contrato de concessão das terras.

Joanes sabia que aquele ano fora ruim, mas estava sob a pressão de Leonardo, que ameaçava retirar todas as terras, caso as obrigações não fossem cumpridas. As ameaças incluíam eventual cerco das propriedades de Joanes, se não efetuasse o pagamento acordado com o rei.

Embora Joanes tivesse reserva de riquezas acumuladas para essas ocasiões excepcionais, precisava exigir de Petrus a sua cota, sob pena de ser considerado fraco perante os demais condôminos, e generalizar-se a inadimplência, o que colocaria em risco seu prestígio junto ao grande senhor das terras.

Mandou seu filho Janis, a cavalo, resolver a questão, com ordens de ameaçar a família de Petrus de expulsão, caso não pagasse o que devia.

A caminho, Janis foi colhido por uma tempestade. Desnorteado, caiu com seu cavalo em grande precipício, que o impeliu às águas turbulentas do grande rio que cortava a região, e que, naquele momento tinha a velocidade aumentada pela ação do vendaval.

Quase inconsciente em consequência da grande queda, Janis morreria afogado se não recebesse imediata ajuda. Tentou, debalde, lutar contra a violenta correnteza, mas suas forças se esgotavam rapidamente. Quando estava para submergir, corda salvadora enlaçou-lhe o braço ainda fora d'água. Agarrou-a com todas as suas forças e foi içado com segurança de volta à margem.

6 – Salvo pelo inimigo

Janis acordou bem mais tarde, num cômodo desconhecido, rodeado por Petrus, seu pai Aparício e Francesca. Todos ali sabiam, por suas roupas, que Janis era filho do déspota Joanes, pois já o esperavam, diante das ameaças do amigo do rei.

Sabiam também que, com o sumiço do filho, não tardariam seus cavaleiros a procurá-lo em sua propriedade, à qual havia se dirigido com intenções nada amistosas.

Ao abrir os olhos, Janis se deu conta da identidade dos que o rodeavam e estranhou o bom tratamento recebido e muito mais ainda quando descobriu que fora salvo por Francesca, que se encontrava na região em busca do alimento que o rio lhes proporcionava.

Deslumbrou-se com a beleza de sua salvadora, com seus claros olhos azuis e sua linda cabeleira loira, totalmente desgrenhada por sua intensa atividade, tanto no seu salvamento, quanto para sua recuperação.

Percebeu que se encontrava diante de família amistosa, que, mesmo sabendo que ele era filho do senhor das terras, que os vinha ameaçando de expulsão, o salvou e agora lhe prestava o tratamento de um verdadeiro irmão.

Descobriu que a mulher que o resgatou das águas, Francesca, era esposa de Petrus. Dissimulou sua admiração e indagou se os enviados de seu pai não vieram procurá-lo, pergunta que foi quase imediatamente respondida pelo ruído de cavalos que se aproximavam das imediações.

***

De volta ao castelo paterno, Janis foi pressionado por Joanes para que cumprisse a missão que lhe atribuíra, assim que se recuperasse totalmente. O jovem, mesmo exausto pelo turbulento dia, não conseguiu dormir. Seu pensamento voava para a humilde residência de seus salvadores e, particularmente, em direção a Francesca, cuja beleza havia arrebatado o seu coração.

No dia seguinte, mandou selar um cavalo e partiu novamente em direção à casa de Petrus. O pretexto era cumprir as ordens de seu pai. Na verdade, queria rever Francesca, a mulher que não o deixou conciliar o sono na noite anterior.

Lá chegando, encontrou apenas alguns servos. Informaram que os homens da casa estavam na labuta diária, procurando, desesperadamente, recursos para atender o senhor feudal. Quando se preparava para voltar, viu de longe Francesca, aproximando-se. Fora buscar água potável para a casa, em mina não distante.

Solícita, Francesca perguntou o que desejava e lhe ofereceu água límpida:

— Preciso falar com seu marido e seu sogro. Vocês precisam cumprir, o mais breve possível, as contribuições que assumiram com meu pai. Ele está sendo pressionado pelo rei, pois, por sua vez, também tem compromissos a serem quitados.

Preocupada, Francesca pediu que intercedesse junto ao credor, buscando mais prazo para que sua família pudesse quitar seus débitos.

Na verdade, Janis só tinha olhos para a beleza de Francesca e estava pouco preocupado com as exigências paternas. Esperta, dotada de rara sagacidade, Francesca percebeu as reais intenções do jovem. Disse que iria conversar com seu marido a respeito e pediu que ele voltasse no dia seguinte, naquele mesmo horário.

Chegando ao castelo, Joanes recebeu as informações do filho como se fossem boas notícias. Incentivou-o a retomar a conversa com a família de servos. O nobre, no entanto, deixara claro para o filho que, caso não conseguisse obter seus direitos, não vacilaria em expulsá-los da propriedade e, se necessário, destruiria as benfeitorias e obrigaria toda a família a se retirar definitivamente de suas terras.

Foi outra noite mal dormida para Janis, que começou

a arquitetar seus planos. Caso as coisas desandassem realmente, não vacilaria em poupar Francesca de eventual contenda, trazendo-a para seu convívio. E aquela bela mulher, teria se impressionado com o filho do senhor feudal?

Francesca sempre sonhara com uma vida melhor do que a limpeza dos fossos e dos caminhos. O trabalho agrícola realizado por aquela família estava muito distante das promessas do início de seu casamento, ainda mais porque estavam obrigados a entregar metade de tudo o que cultivavam a Joanes, protegido do Rei Leonardo.

***

Filippo e Jonakin acompanhavam as digressões históricas como se estivessem diante de uma tela, com os detalhes das vidas que estavam focalizando, interessados no enredo que se delineava. Perceberam, de longe, que ali se prenunciavam atitudes que iriam modificar totalmente o destino daqueles personagens.

7 – Lamentáveis ocorrências

No dia seguinte, à hora marcada, Francesca estava novamente só. Para Janis, era um claro sinal de que aquela linda mulher havia, espertamente, provocado novo encontro com ele, sem a presença dos homens da casa.

As visitas de Janis tornaram-se frequentes e Francesca passou a considerá-lo, no terreno de suas expectativas, capaz de retirá-la daquela vida miserável. Sua libertação estaria nas mãos dos nobres — pensava.

Janis, apaixonado por Francesca, e Joanes, interessado em recuperar suas terras, elaboraram um plano que iria atender seus mútuos desejos.

Francesca tinha certeza de que, se cedesse ao assédio de Janis, Petrus e Aparício teriam suas dívidas perdoadas, ela seria guindada à condição de dama e todos poderiam viver sossegadamente.

Os planos dos nobres eram outros. Quando estavam para dispará-los, eles foram procurados por Lorraine, Viviana e Palominas, três servas do castelo. Embora na época do feudalismo os escravos fossem em número reduzido e, com o tempo, viessem a desaparecer pelas funções pouco relevantes que desempenhavam, ou mesmo pela proibição eclesiástica de escravizar cristãos, aquelas três mulheres eram especiais.

De cor negra, eram portadoras de faculdades mediúnicas, que lhes permitiam sintonia com os mananciais da espiritualidade. Conselheiras de Joanes, muitas vezes foram chamadas pelo próprio Rei Leonardo, que as consultava em momentos difíceis, pela assertividade de suas visões e conselhos.

Eram elas que estavam ali, mesmo sem terem sido chamadas por Joanes, espontaneamente, para aconselhá-lo. Nuvens ameaçadoras prenunciavam maus agouros para o senhor e seu filho. Eles precisavam abandonar seus planos insanos, que poderiam representar a ruína de toda a família. Joanes dispensou-as, preocupado.

— Não era possível — pensava o nobre — que elas

tivessem lido seus pensamentos. Provavelmente haviam sido inspiradas por maus espíritos. Da maneira, no entanto, que ele e o filho haviam planejado tudo, nada poderia dar errado.

Ocorre, caro leitor, que as ameaças profetizadas pelas três sensitivas pouco tinham a ver com as consequências materiais daquelas sórdidas ideias. Pessoas ambiciosas, avarentas e tomadas pela paixão, podem se tornar cegas e extremamente agressivas. E foi exatamente o que aconteceu com aquela dementada dupla.

Como combinado, quando os nobres deram a ordem de ataque contra a sua família, Francesca apenas simulou alguma resistência. Sem qualquer aviso prévio, Joanes e Janis avançaram sobre a pequena propriedade. Rapidamente Francesca foi colocada no cavalo de Janis, que a levou para o castelo e a colocou sob os cuidados das três escravas sensitivas, enquanto Joanes e os seus violentos cavaleiros destruíam o que encontravam pela frente.

Aboletada no castelo, Francesca nem imaginava que seu marido e seu sogro estavam, naquele instante, sendo mortos covardemente.

Mais tarde, pai, filho e cavaleiros entraram no palácio comemorando ruidosamente o sucesso de sua malfadada empreitada. Somente no dia seguinte é que Francesca tomou conhecimento da verdade.

Ficou sabendo que Joanes proibira que os corpos de Petrus e de seu pai fossem enterrados. Seriam expostos à dilaceração por animais, para que servissem de exemplo aos demais condôminos, contra futuras insurreições.

Francesca rogou a Joanes que a deixasse enterrar seus

parentes. Janis argumentou com o pai que suas almas não sossegariam na eternidade se os seus corpos não fossem sepultados, pois seriam condenados a vagar cem anos nas margens do rio que os levaria ao mundo dos mortos, conforme asseguravam velhas crenças gregas. Mesmo assim, o velho nobre continuou inflexível e manteve a sua proibição.

Na calada da noite, Janis levou Francesca para retirar Petrus e Aparício da exposição pública, antes que animais selvagens os devorassem. Sem conhecimento do pai e contrariando suas ordens, Janis sepultou os corpos de Petrus e de Aparício.

Enquanto isso, as três videntes percebiam claramente a legião de espíritos malfeitores que acompanhavam e rodeavam todos os participantes daquelas lamentáveis ocorrências.

***

Jonakin e Filippo tinham a sensação de estar presenciando aqueles acontecimentos como se tivessem ocorrendo naquele momento, em tempo real. Chegaram a sentir vontade de intervir e modificar aqueles destinos, sem se dar conta, momentaneamente, de que estavam apenas tendo uma visão do passado, cujos efeitos passariam a ser vivenciados por todos aqueles protagonistas, no futuro que se seguiria.

Quando espíritos se entregam a criações interiores de ódio, aflição, irresponsabilidade e ruínas — ensina André Luiz —, e atingem pessoas inocentes, que deveriam contar com sua proteção, condensam essas forças negativas, coagulando-as em seus veículos perispirituais. Passam a apresentar aspecto escuro e pastoso e, mais cedo ou mais tarde, colhem o resultado de suas obras.

Todos somos herdeiros de nós mesmos!

8 – Vítimas da vingança

A morte, como sabemos, não nos livra dos nossos inimigos; os espíritos vingativos perseguem, muitas vezes, com seu ódio, no além-túmulo, aqueles contra os quais guardam rancor; donde decorre a falsidade do provérbio que diz: "Morto o animal, morto o veneno", quando aplicado ao homem.

O Evangelho segundo o Espiritismo

No dia seguinte, mal raiou o sol, Joanes dirigiu-se ao palácio do rei. Queria lhe dar, em primeira mão, os sucessos de suas providências. Além de levar de suas próprias reservas a contribuição que seria devida por seus arrendatários inadimplentes, foi informar que já estava em tratativas com novos servos, que iriam assumir as terras recuperadas.

— Agora será diferente! — assegurou Joanes ao suserano.

— Os demais camponeses entenderam bem a mensagem em forma de destruição e reafirmação de poder que lhes dei, ao recuperar as terras de Petrus.

O rei não viu com bons olhos os métodos de Joanes, pois, se aquela cena se repetisse, a segurança do reino poderia ser colocada em risco. Afinal, ele já estava tendo problemas com as ameaças de bárbaros, que já não se contentavam com os saques das áreas urbanas e estavam atacando as glebas rurais de outras regiões. Sua obrigação, como rei, era defender seus vassalos e suas terras.

Além disso, muitos servos reclamavam do pedágio que lhes era cobrado, quando atravessavam a ponte em direção às propriedades do senhor feudal, alegando que lá se dirigiam para cuidar de suas terras e não de seus interesses.

Sendo justa a reivindicação, o grande senhor, pressionado pela igreja, que também tinha participação nas obrigações feudais — denominada vintém, correspondente a um vigésimo da produção para a igreja paroquial — teve que ceder.

Em todo caso, já naquela época a mentalidade da autoridade era extremamente pragmática, e o rei costumava fazer vistas grossas aos desmandos de seus senhores feudais, desde que cumprissem com suas contribuições.

Na viagem de volta, Joanes não se sentiu bem e seus cavaleiros tiveram que acomodá-lo em uma das carroças cobertas. Debitaram o mal-estar ao calor do sol, às emoções vividas na entrevista com o rei e, em última instância, ao esforço despendido na empreitada que culminou com a retomada da propriedade de Petrus.

Mal suspeitava Joanes que se iniciava ali intenso cerco da espiritualidade inferior, situação que foi prevista pelas escravas sensitivas e confirmada, assim que a caravana passou pela ponte que dava acesso ao castelo do nobre.

Após conduzir o pai aos seus aposentos, Janis pediu a Francesca — com quem agora convivia maritalmente no castelo — que trouxesse imediatamente as três personagens portadoras de dons mediúnicos. Que elas viessem fazer orações para que o nobre se recuperasse o mais breve possível.

Lorraine, Viviana e Palominas, as idosas escravas de Joanes, entraram pressurosamente nos aposentos do nobre, já cientes da difícil incumbência que teriam pela frente. Não poderiam, pela subalternidade de sua posição, lembrar Joanes de que ele fora avisado por elas. As consequências de suas incursões estavam se iniciando, tal qual lhe fora alertado.

Imediatamente, Lorraine, a de maior percepção sensorial, que conseguiu se inteirar, com muita rapidez, dos acontecimentos, sem necessariamente se utilizar dos sentidos, detectou substância escura envolvendo o corpo perispiritual de Joanes.

Essa nódoa, em seguida detectada por Viviana e Palominas, mais parecia um orifício, através do qual desconhecidos pensamentos de revolta e vingança penetravam nas entranhas do nobre, espalhando-se por seus órgãos físicos.

As três bondosas senhoras, acompanhadas por Francesca e Janis, prostraram-se imediatamente, genuflexas, em oração, pedindo a intercessão de seus protetores, em benefício de seu senhor.

Joanes, que até então estava completamente inconsciente, sentiu-se envolvido por uma atmosfera agradável, que lhe deu alento para levantar a cabeça e agradecer o empenho de todos ali presentes, em favor de sua recuperação.

Essa verdadeira transfusão de energias concedeu ao nobre uma noite de sono, povoada, todavia, de pesadelos indescritíveis. Criaturas feridas, queimadas, com membros decepados, cobertas de sangue, o perseguiam impiedosamente, cortejo somente diluído com o nascer do sol.

Na manhã seguinte, mais disposto, Joanes resolveu caminhar pelos jardins do castelo, para auferir as energias da manhã.

Os responsáveis pelo abatimento de Joanes permaneciam ali. Aglomerados, não sabiam exatamente onde estavam, mas sabiam por que ali vieram. Assim que foram lançados ao espaço espiritual, identificaram o vilão que lhes tirou as vidas.

Petrus, Aparício e todas as vítimas da criminosa chacina de Joanes ficaram revoltados e decididos a se vingar do cruel nobre. Da espiritualidade inferior, não faltaram cúmplices e comparsas, que se aproximaram, atraídos pela identidade de sentimentos.

9 – Estranha região

— Jonakin, para onde foram Petrus e Aparício, logo após o violento desencarne? Não ficaram magneticamente ligados ao castelo de Joanes, buscando vingança? — perguntou Filippo.

— Sim, num primeiro momento, em que ainda nem sabiam exatamente o que havia ocorrido. Iniciaram desordenadamente suas ações contra o agressor, revoltados pelas atrocidades de que foram vítimas. Aproveitando o providencial momento das orações das boas senhoras que procuraram auxiliar o nobre, irmãos nossos, técnicos encarregados de prestar assistência aos recém desencarnados procuraram encaminhá-los para regiões apropriadas, considerando o lamentável estado em que se encontravam. Lá teriam condições de se recuperar, em busca de comportamento adequado, diante da tragédia que vivenciaram — respondeu Jonakin.

— E, pelo que percebi, com as informações que nos foram disponibilizadas, recusaram o acompanhamento de nossos generosos irmãos?

— Infelizmente, a dor e a revolta falaram mais alto. Preferiram a companhia de outros irmãos, que já haviam passado por semelhante experiência, nas mãos do mesmo feitor, já adaptados e organizados em estranha região espiritual, portadores de imensa carga de conturbação, indignação e cólera, ansiosos por promover a justiça por suas próprias mãos.

Os dois mentores continuaram acompanhando os passos dos personagens envolvidos na missão. E foi assim que presenciaram, como se tivessem uma imagem projetada em grande tela à disposição, a tenebrosa região, que acolheu tanto as novas vítimas de Joanes, quanto antigos inimigos, que estavam à espreita de suas novas ações. E são essas escuras e tenebrosas paragens da espiritualidade, que a partir de agora vamos tentar descrever.

***

Jonakin e Filippo já haviam passado por baixos círculos de vida, embora não se lembrassem exatamente da existência de organizações dirigidas por entidades malignas, no campo espiritual.

E, para dizer a verdade, amigo leitor, pelo aparente absurdo da ideia, até hoje ainda temos dificuldades para imaginar a existência de purgatórios e infernos dirigidos. No entanto, foi exatamente essa imagem oferecida ao conhecimento, estudo e análises dos mentores.

Um vasto domínio de sombras, com diferente claridade solar e de um fumo cinzento cobria todo o horizonte. A vegetação era completamente diferente daquela com que estamos acostumados, com galhos secos, parecendo braços erguidos em súplica dolorosa. Aves de mau aspecto, como que pressagiando males e desgraças, pareciam monstros alados.

O que mais impressionou, no entanto, não foram as paisagens, e sim os lamentos, choros e pedidos de socorro oriundos dos becos mais tenebrosos daquela fétida região. Sofredores, aos milhares, homens e mulheres desencarnados, chorando nos extensos vales de lama.

Grupos de entidades em desequilíbrio, já acostumadas com os lagos de lodo, acolheram Petrus e seu grupo de revoltos, que foram encaminhados para cavernas infernais, lotadas de entidades perversas e atrasadas. Padeciam ali amargos choques oriundos de sua inconformação, egoísmo e inveja, ingredientes que, em pouco tempo, os conduziram à crueldade.

Recepcionados por Butrus, um dos espíritos que se intitulou líder daquela turba, em pouco tempo expuseram as suas desgraças e mágoas. Imediatamente o chefe identificou nos novatos as mesmas vibrações que lhes permitiria se juntarem ao grande grupo.

— Precisamos de um projeto bem elaborado, para

atingir nosso inimigo comum. Eu, de mim mesmo, tenho duras lições a retribuir a esse sórdido Joanes. Vocês vieram ao lugar certo. Amanhã mesmo iniciaremos o nosso eficiente serviço, de forma astuta e vingativa.

Sonoras gargalhadas daquelas deploráveis e ignorantes criaturas se fizeram ouvir. Os elementos essenciais para a elaboração de um plano para extermínio de Joanes e seus familiares estavam ali, catalogados e embalados, no ódio e desejo de vingança de cada componente daquela legião.

10 – Sondando o inimigo

No dia seguinte Butrus reuniu todos os espíritos que, além dele, haviam sofrido alguma dor ou perseguição da parte de Joanes. Quase uma dezena de entidades que ali estavam fermentavam ódio e desprezo pelo déspota.

Em número igual ou superior, muitos outros, incluindo mulheres, atenderam convites de entidades salvadoras e perdoaram os crimes de que foram vítimas. Alguns ainda se encontravam em regiões de recuperação. Muitos, a grande maioria, tiveram seus sinceros apelos ouvidos e estavam em plena jornada evolutiva, encarnados no plano terrestre.

— Formemos um pequeno grupo que, discretamente, para não chamar a atenção dos protetores, irá fazer a prospecção da situação de Joanes, bem como de eventuais obstáculos que iremos encontrar, em nossa justiceira missão — manifestou-se o líder.

Imediatamente quase todos levantaram os braços. Butrus selecionou cinco dos revoltos, tomando o cuidado de incluir Petrus e Aparício, pelo frescor das agressões sofridas, o que lhes conferia grande potencial de ódio, ingrediente fundamental para o sucesso daquela jornada.

— Vocês encontrarão a situação um pouco modificada, da época em que se desligaram da Terra até o presente momento — começou Butrus, dirigindo-se principalmente a Petrus e Aparício.

— Como assim? — objetou Petrus. Não se passou nem uma semana de nossa chegada a estas plagas...

A turba inteira desandou a rir, principalmente as mais diretas vítimas de Joanes, que não davam um segundo de trégua ao vilão, acompanhando diuturnamente suas atividades na crosta.

Para surpresa de Petrus e Aparício, Butrus esclareceu a situação:

— Vocês perderam a noção do tempo, da mesma forma que aconteceu conosco, em nosso desligamento carnal. Já se passaram alguns meses desde o momento do ataque fatal que culminou com a derrocada da vida de vocês dois e de seus companheiros. Por isso, cuidado em sua jornada, pois terão surpresas desagradáveis. Não se deixem dominar por suas emoções.

— A vingança é um prato que se come frio! — afirmou, lembrando um velho provérbio.

O sagaz líder queria dizer que todos ali aguardavam há muito tempo pelo momento adequado para satisfazer seus instintos de desforra contra Joanes.

— Partam agora em direção ao nosso alvo. Observem, ouçam e sintam o ambiente. Tragam-me as informações ainda hoje.

E a estranha caravana seguiu em direção à fortaleza de Joanes, Janis e Francesca

Jonakin e Filippo acompanharam, pelo monitor à disposição, a chegada à alcova do nobre daquele estranho séquito, encarregado da prospecção recomendada. A situação de Joanes, que em nenhum momento ficara desacompanhado dos mandatários de Butrus, havia se agravado muito e contrastava com a figura do viril guerreiro que havia abatido Petrus e sua família.

De quando em quando, uma das invisíveis sentinelas de plantão nos aposentos reais movia-se e tocava na cabeça de Joanes, que, a seguir, emitia gritos e sons guturais, muito parecidos com o de feras em sofrimento.

Extrema palidez e enorme angústia transpareciam do semblante do dono do castelo. A infeliz entidade perseguidora derramava, por suas mãos, estrias negras de substância semelhante ao piche, que atingiam o cérebro de sua vítima. Eram estiletes de trevas, expedidos pela força do ódio, absorvidos pelo organismo do nobre.

Para surpresa dos vilões, dos componentes da caravana de sondagem remetida por Butrus e até para os dois observadores, as emanações negativas eram parcialmente barradas pelas vibrações de Lorraine, Viviana e Palominas, as idosas escravas, que, numa verdadeira luta de fluidos, mantinham Joanes ainda em relativo equilíbrio.

Além disso, Janis e Francesca estavam profundamente conscientes de que as orações das velhas senhoras eram providenciais defesas para todos do castelo. Por isso, compartilhavam daquelas vibrações iluminadas, sustentadas por seu ardente desejo de fazer o bem para o nobre Joanes. Esse esforço conjunto atraiu, pelo menos momentaneamente, bons espíritos que responderam ao pedido de auxílio.

Ao passar de algumas horas, o nobre estava novamente em pé, predispondo-se a fazer a sua visita noturna pelos escaninhos de seu castelo.

Petrus e seus companheiros de averiguação perceberam imediatamente que o perigo estava nas improvisadas protetoras de sua vítima. Embora Joanes estivesse física e emocionalmente abalado, qualquer ataque contra ele deveria ser muito bem planejado enquanto as sensitivas senhoras estivessem por perto.

Ato contínuo, retornaram às paragens sombrias da espiritualidade, para apresentar seu relatório a Butrus.

11 – Trevas planejam o ataque

Cercado de inimigos e desafetos, frutos da atividade criminosa a que se consagrou voluntariamente, permanece quase embotado pelas sombras resultantes dos seus tremendos erros.

André Luiz

Experimentado estrategista, Butrus imediatamente entendeu a situação, chamou todos os cúmplices interessados na vingança e expôs seus planos:

— Teremos que concentrar nossos ataques sobre Joanes. Embora eu saiba que alguns de vocês defendem um assalto geral, inclusive contra Janis e Francesca, percebo que eles estão sob proteção das forças iluminadas. Por outro lado, as três sensitivas desfecham incômodos fachos de luzes que dificultam os trabalhos de nossos rapazes de plantão, e irão inibir nossas arremetidas contra o nobre perverso. Elas precisam ser afastadas da vítima.

Um burburinho generalizado se propagou pela assembleia do mal organizado. Foi quando Petrus levantou seu braço e propôs:

— Elas precisam ser desacreditadas!

Aquelas palavras despertaram a imaginação do líder da corja inflamada, que, a seguir, se manifestou:

— Petrus tem razão. Não as ataquem! Apenas tornem-se visíveis para as três sensitivas. Suas visões assustarão Joanes e provocarão o afastamento das videntes. Então, a partir daí, sem a proteção dessas incômodas abnegadas, o campo estará aberto para as nossas investidas.

Jonakin notou, pelo aparelho que facultava o acompanhamento das cenas ao lado de Filippo, que uma legião de espíritos desencarnados, liderada por Petrus e Aparício, passou a cercar e a acompanhar cada passo de Viviana, Palominas e Lorraine. Fiéis ao nobre do castelo que as abrigava, embora como escravas, imediatamente passaram a descrever suas visões para Joanes.

Que ele se acautelasse, que passasse a orar com mais intensidade com elas, que modificasse o modo de tratar os aldeões, que mudasse de comportamento... Somente assim ele se fortaleceria para se livrar dos invasores das trevas.

Os conselhos das três bondosas senhoras provocaram reação completamente contrária à desejada. Amedrontado com as visões descritas, o chefe do castelo deu ordens para que elas não mais fossem autorizadas a dele se aproximar. Elas estavam ficando loucas! Suas vítimas estavam mortas, muito bem mortas.... E não seria um trio de dementadas que iria mudar o seu comportamento.

Chamou o sacerdote da igreja paroquial para benzê-lo, bem como as dependências do castelo. O religioso elogiou a atitude do nobre, dizendo que o relacionamento com os mortos não era aceito pela igreja. O senhor tinha feito muito bem de afastar as intermediárias do além.

E foi assim que Joanes se isolou da única proteção que ainda o preservava dos ataques de seus inimigos. O campo estava aberto para Butrus, Petrus, Aparício e todas as demais vítimas que queriam a sua derrocada.

***

— Jonakin, estou aprendendo muito com esta experiência — falou de repente Filippo. Enganos semelhantes cometemos no passado...

— Sem dúvida, caro irmão. A espiritualidade deu uma chance para Joanes redimir-se de seus erros e ele a desperdiçou.

— Sim, a partir do momento em que ele se afastou das três nobres senhoras, fazendo exatamente o que os seus perseguidores queriam, decretou a sua derrocada final — concordou Filippo.

***

A partir daquele momento, como previram Jonakin e Filippo, Joanes se viu cercado de inimigos e desafetos e passou a comprometer ainda mais suas energias.

Acentuou-se o pavor do dono do castelo, a ponto de pouco dormir e, com as forças que ainda lhe restavam, subir para as partes mais altas, onde nenhum servo ou guarda com ele teria contato. Estava só, ou melhor, imaginava-se só, em plena escuridão. Na verdade, o cerco se fechava em torno de si, promovido pelos frutos de sua atividade criminosa.

— Quem está aí? — perguntou o amedrontado suserano, ao ouvir estranho ruído, coisa improvável pela distância em que se encontrava dos demais moradores do castelo.

De nada adiantou levantar mais alto um archote untado de breu, com o qual, com gestos tresloucados, procurava espantar os vultos que julgava ter visto. De repente, teve a perfeita sensação de que havia alguém à sua retaguarda. Voltou-se e deu de frente com Petrus. Tentou atacá-lo com a tocha inflamada, mas a visão desapareceu na escuridão. Atento, olhou à sua direita e viu Butrus e Aparício. E mais almas que pereceram sob seu guante cercaram-no, para seu desespero.

— Vocês estão mortos! Eu os matei com as minhas próprias mãos, voltem para o tormento das chamas de enxofre. Os seus ossos foram apropriadamente consagrados e enterrados com as devidas cerimônias. Romperam as mortalhas de seus sepulcros?[3]

Completamente desnorteado, vencido pelas dores, pelo medo e pelo desequilíbrio de sua ira incontida, Joanes caiu, desfalecido. Foi encontrado, na manhã seguinte, por Janis e Francesca, que o acomodaram em seus aposentos.

Na prática, a administração do feudo estava sendo conduzida pelo filho. Ele e Francesca, sensibilizados pelos conselhos das três médiuns escravas, passaram a orar com regularidade. Isso lhes facultou um halo protetor, qual auréola luminosa, que os mantinha distantes das pesadas vibrações trevosas que atingiam Joanes.

E imprimiram, nos negócios do senhor feudal, ritmo de harmonia, respeito com os direitos dos aldeões e de compreensão de suas dificuldades. Respirando agora ares mais tranquilos, os lavradores começaram a trabalhar com mais segurança e liberdade. E passaram a cumprir suas obrigações com a frequência e a regularidade pactuada com o grande rei.

Enquanto isso, no leito, mesmo quando não estava sendo atacado pelos fantasmas que passou a ver todas as noites, por reflexo condicionado, Joanes desesperava-se.

Quando as sombras da noite se aproximavam, o velho fidalgo pressentia a chegada dos mortos.

— Estão vindo me buscar — imaginava o dementado.

Oprimido psiquicamente, uma noite Joanes subiu até à torre do sino que informava cada hora. Sob a pressão das horrendas figuras, que escancaravam a todo momento as chagas que ele lhes produzira, envolveu o pescoço com a corda e jogou-se no vazio.

Diante do intempestivo badalar do sino, completamente fora de hora, guardas, serventes e o próprio filho

Janis, acompanhado de Francesca, encontraram o nobre enforcado. Enquanto isso, seus algozes recepcionavam-no nas zonas escuras da espiritualidade.

12 – Janis e Francesca

Disse Filippo:

— Estou estranhando, Jonakin, que até o presente momento o casal Janis e Francesca não tenha sido atingido pela turba de obsessores vingativos.

— Na verdade — esclareceu Jonakin —, a ira de Petrus e de seu pai Aparício voltou-se contra todos os que provocaram as suas desgraças, inclusive o casal que você mencionou. Ocorre, meu caro amigo, que por seus atos, voltados agora para o bem, conseguiram sustar a mão da vingança.

— Praticando o bem, podemos evitar muitos males programados para nossa existência. Se não tivessem mudado de comportamento, as infrações que cometeram lhes seriam cobradas inexoravelmente.[4]

***

Com efeito, caro leitor, mais uma vez as previsões de Jonakin se confirmaram. A partir da morte de Joanes, logo após o cumprimento da obrigação denominada *mão-morta*, de responsabilidade do herdeiro, Janis tornou-se o novo senhor feudal, com os mesmos direitos de conceder partes de seu feudo em benefício de outro nobre ou, simplesmente, dividi-lo para exploração de vassalos, dos quais passou a ser suserano.

Seu comportamento, no entanto, continuou a ser o mesmo de quando substituiu o pai, nos momentos de sua enfermidade e desequilíbrio. Empenhados em apagar quaisquer atitudes pecaminosas do passado, Janis e Francesca continuaram a ouvir as recomendações das bondosas escravas sensitivas, fazendo da oração e do respeito atitudes regulares em sua nova vida, agora de senhor das glebas cedidas por sua majestade, o rei.

O clima de harmonia tornou-se a marca do poder de Janis, que manteve o respeito para com os vassalos, agora com mais segurança e liberdade de trabalho. Mesmo nos momentos difíceis, quando o inverno se tornou mais rigoroso, Janis soube compreender as dificuldades de seus agricultores e contornou-as junto ao rei.

Diante dessa atitude perseverante no bem, autoridades espirituais impediram quaisquer acessos dos velhos inimigos do casal, e mais, abriram-lhes a possibilidade de começar, ainda naquela encarnação, o resgate de seus débitos pretéritos.

Foi assim que, alguns meses depois da morte de Joanes, Francesca ficou grávida, abrindo a porta do renascimento para um dos seres que, antes, na espiritualidade, somente lhes desejava o mal, tendo chegado a participar dos planos de vingança que culminaram com o suicídio do senhor feudal.

Como verdadeiro náufrago, dirigindo-se para a tábua de salvação, o futuro filho de Janis e Francesca aceitou as sugestões da espiritualidade e se utilizou da bússola do perdão e do bem. Convicto de que se aproximava de porto socorrista, voltaria à existência terrestre por intermédio dos corações de uma mulher e de um homem que chegou a odiar, e agora era levado a agradecer, pela porta de salvação que lhe fora aberta.

Dali a alguns anos, o milagre da vida faria com que os outrora adversários se abraçassem, transmutando as algemas do ódio em liames de luz. E, quando chegasse esse tempo, a força do perdão libertaria nossos personagens, que passariam a contribuir para a iluminação da vida e o enriquecimento da obra de Deus.

Uma nova família estava surgindo, graças à convergência de vontade e efetivas ações de Janis voltadas para o bem, da compreensão e aceitação da preciosa oportunidade de renascimento, pelo perdão e humildade demonstrados pelo velho inimigo Aparício, agora filho bendito, no ventre da valorosa mulher em que se transformara Francesca. Compartilhariam o mesmo lar, inimigos de passado recente, agora na qualidade de pai, mãe e filho.

Era, mais uma vez, a mão misericordiosa de Deus, que oferecia preciosa oportunidade de renovação aos seus filhos de boa vontade. Aparício estava de volta, para a reconciliação, para uma nova experiência, uma nova vida...[5]

13 – Leonardo e seus filhos

— Reconciliaram-se! — afirmou Filippo. E quanto aos nossos personagens Petrus e Joanes?

— Prossigamos em nossa tarefa, aproveitando as ligações magnéticas que continuam à nossa disposição — respondeu Jonakin.

Note, caro leitor, que as dolorosas experiências se iniciaram no período do feudalismo, que perdurou, aproximadamente, entre o século IV e X da história europeia.

Exceção feita a Janis e Francesca, que em pouco tempo ajustaram-se à senda do bem, podemos indagar por quanto tempo Petrus e Joanes permaneceram na espiritualidade inferior. Embora nossos dois espectadores não tenham dado maiores detalhes, é de se deduzir que tenham retornado ao plano terrestre somente séculos mais tarde.

***

[6]O Império Otomano, também chamado de Império Turco, foi fundado pelo líder tribal Osman no fim do século XIII. Nas décadas seguintes os otomanos se transformaram em império multinacional e multilíngue, chegando a controlar grande parte da Europa, da Ásia e da África.

Por seiscentos anos o Império Otomano, cuja população atingiu a marca de cerca de 15.000.000 de pessoas, foi o centro das interações entre os mundos oriental e ocidental.

Durante o reinado de Solimão, muitos dos chamados voievod (chefes de exército) destacaram-se na Transilvânia, Valáquia e Moldávia, procurando defender a Europa cristã do Império Otomano. Esses principados, mais tarde, no fim da primeira guerra mundial, iriam compor o Reino da Romênia.

Um deles, velho conhecido nosso, Leonardo, governou a Transilvânia e depois a Valáquia, dando início a uma série de guerras e lutas, que marcariam a sua vida e a de seus pequenos filhos, Petrus e Joanes.

Depois da tomada de Belgrado, em 1521, e outros territórios da Europa Central, em 1526, Solimão avançou sobre os principados, obrigando Leonardo a oficialmente reconhecer a ascendência otomana sobre a Moldávia, Transilvânia e Valáquia, esta última província então liderada diretamente por ele.

A paz, no entanto, ficaria muito cara. Para ter certeza de que Leonardo não se rearticularia para retomar seus territórios, Solimão exigiu que ele entregasse os seus dois filhos, Joanes, então com 11 anos, e Petrus, com 10 anos. As duas crianças foram a garantia do bom comportamento de Leonardo e de seus seguidores, que jamais se atreveriam a descumprir o armistício que protegia todo o seu povo da sanha conquistadora dos otomanos.

***

Com os turcos, os pequenos aprenderam a língua, os costumes e acentuaram seus hábitos cruéis, que já traziam de vidas anteriores. Com 17 e 16 anos, respectivamente, Joanes e Petrus estavam preparados para as lutas que sucessivamente viriam. Foi nessa época que ambos descobriram que o pai Leonardo havia sido morto por ordem de Solimão e que, portanto, o armistício havia sido rompido.

Joanes partiu, decidido, para recuperar o trono do

pai, enquanto Petrus optou por ficar ao lado dos turcos. Novamente se colocavam em lados opostos, desperdiçando a oportunidade que a vida havia lhes dado para superação de antigas diferenças. Mesmo tendo nascido como irmãos, continuavam inimigos.

Aos 25 anos, Joanes conseguiu retomar as terras de seu povo e comandou a província durante seis anos, até morrer em novo ataque otomano. E será que o amigo leitor conseguirá descobrir quem estava no comando dessa investida? Isso mesmo, seu irmão e arqui-inimigo de outras vidas, Petrus.

Cruelmente, para que seu feito tivesse a publicidade e o prestígio que almejava perante as autoridades turcas, Petrus levou a cabeça de Joanes para Constantinopla (atualmente Istambul), como prova de sua morte.

Mesmo morto, Joanes não se afastou do plano material. Ladeado por velhos parceiros desencarnados de perniciosas experiências pretéritas, assestou suas baterias contra Petrus, que, sob intenso ataque obsessivo, não usufruiu de suas vitórias nem mesmo por um ano. Morreu misteriosamente, alguns dizem por suicídio.

Seu corpo foi encontrado na torre do castelo que havia tomado, pendurado na corda do badalo do sino que marcava as horas, em condições muito semelhantes às da morte de Joanes, em vida anterior.

14 – Novo embate entre Petrus e Joanes

Os espíritos evoluídos poderão retroceder no tempo, aplicando-se o fenômeno de regressão da memória, sem perderem a consciência do estado presente[7].

Adolfo Bezerra de Menezes

[8] Como se estivessem numa máquina do tempo, Jonakin e Filippo aterrissaram em outra época e encontraram Leonardo, que ocupava a posição de governante de uma cidade italiana. Tinha ao seu lado duas mulheres muito belas: Leonor, a esposa, e Paola, sua filha.

Leonardo tinha suas diferenças com outro grupo político local, encabeçado pela família Valverde, liderada por Gianciotto Malatesta, e seus filhos, Petrus e Joanes. Embora em constantes rusgas, as duas famílias mantinham vínculos de colaboração para manter a segurança da cidade.

Gianciotto — da família opositora — tinha grande coragem e habilidade, tendo realizado notáveis proezas. Era um modelo de cavaleiro e se destacava perante os homens e as mulheres da comunidade. Em pouco tempo Leonardo reconheceu seus méritos e o convidou para ser seu mestre de armas. Com isso, Gianciotto se aproximou da família de Leonardo e, naturalmente, de sua esposa e de sua filha.

Nas ausências administrativas de Leonardo, o notável mestre de armas percebeu os olhares furtivos de Leonor, por quem se apaixonou, foi correspondido e com quem passou a ter relação amorosa.

Descoberta a relação clandestina, Leonardo chamou

toda a família Valverde e anunciou que iria duelar com seu líder Gianciotto, para lavar a honra de sua esposa. Com uma estocada mortal, Leonardo levou a melhor na refrega e derrotou o grande cavaleiro, fato que fortaleceu ainda mais o poder do governante local.

Acirraram-se os ânimos e a família Valverde ameaçou entrar em atrito contra a família de Leonardo, com objetivos claros de vingança e de usurpação de seu poder. Politicamente, a luta entre as famílias seria um péssimo negócio. Além de enfraquecer as fileiras do governante, ainda os colocaria em desprestígio perante o povo, que via naquela aliança garantia de segurança para a comunidade.

A família Valverde estava disposta a negociar novo acordo de paz, mas estabelecia algumas condições. Uma delas era a concessão da mão de Paola para Joanes, filho mais velho do cavaleiro morto no duelo com Leonardo.

O governante, por conveniência, não obstante os protestos da esposa, concedeu Paola em casamento a Joanes, então líder dos Valverdes. Embora de muita cultura, o rapaz tinha péssima aparência e o corpo deformado.

Sabendo disso, Leonardo combinou com os Valverdes que o casamento seria feito por procuração, por intermédio do filho mais novo, Petrus, que era jovem e bonito.

O leitor já deve ter adivinhado que esse tipo de expediente não iria dar certo. Paola e Petrus não demorariam a se apaixonar. Foram surpreendidos em pleno idílio pelo horrendo Joanes, que assassinou o próprio irmão e repudiou Paola.

Como Leonardo havia cumprido a sua parte, Joanes foi obrigado a honrar os compromissos perante a comunidade italiana e garantir a segurança do governante e do povo.

***

— Meu Deus, — exclamou Filippo — será que a briga entre Petrus e Joanes jamais terá fim?

— Muitas coisas ainda nos serão reveladas e Deus está atento às necessidades de seus filhos, principalmente as morais — respondeu Jonakin.

15 – O destino dos perversos

O que fazer com dois espíritos que não se reconciliam e continuam desafiando as regras da vida? Que destino podem ter as criaturas que insistem em medir forças com o Criador? O que fazer com quem combate a má luta, tripudiando nos tormentos dos seus semelhantes? Quem eram aqueles que insistiam em lançar lodo e treva no caminho de seus irmãos?

Essas perguntas, provavelmente formuladas pelo caro leitor, também não saíam da mente dos nossos dois observadores, Jonakin e Filippo.

Atentemos para as pertinentes informações e relatos que Allan Kardec, Emmanuel, André Luiz e Richard Simonetti têm para nos prestar, relacionadas com espíritos rebeldes, ainda comprometidos com o mal.

***

[9]*Haverá espíritos que se conservem eternamente nas ordens inferiores?*

Não; todos se tornarão perfeitos. Mudam de ordem, mas demoradamente, porquanto, como já doutra vez dissemos, um pai justo e misericordioso não pode banir seus filhos para sempre. Pretenderias que Deus, tão grande, tão bom, tão justo, fosse pior do que vós mesmos?

***

[10]*A Terra é uma vasta oficina. Dentro dela operam os prepostos do Senhor, que podemos considerar como os orientadores técnicos da obra de aperfeiçoamento e redenção. Em determinadas seções de esforço, os homens são maus alunos ou trabalhadores rebelados. Nesses núcleos, os prepostos de Jesus podem edificar o mesmo trabalho de sempre; todavia, encontra a perturbação e a resistência dos próprios beneficiados, razão pela qual a fonte de energias puras não pode ser responsabilizada pelos fenômenos que a deturpam, operados pela indiferença, pela intenção criminosa ou pela perversidade das próprias criaturas humanas, objeto constante do carinho desvelado do Senhor, em todos os caminhos dos seus destinos.*

***

Existem espíritos que, por sua rebeldia e persistência no mal, saturados de obsessões pelas posses efêmeras do mundo, tocados pelas sombras da revolta, são abandonados e esquecidos pela bondade de Deus?

Responde Emmanuel, em *O Consolador*, que existem, realmente, espíritos sofredores e perturbados, cuja atmosfera escura de seus pensamentos e de valores negativos denotam perseverança no mal.

São, no entanto, punidos por si mesmos, pela intenção criminosa e pela desobediência aos sagrados desígnios de Deus. A esses não será facultado o acesso aos que foram objeto de sua afeição no mundo, permanecendo, por tempo indefinido, sem encontrá-los, mas jamais serão desamparados pelo Criador.

***

O que fazer com espíritos que *caem* pelo orgulho, pela vaidade, pela ambição e pelo egoísmo?

Continua orientando Emmanuel, em *O Consolador*, que são raros os que praticam seus deveres morais e ampliam seus direitos divinos no patrimônio universal. Os que não agem em correlação com os bens recebidos do Criador e insistem em quebrar a harmonia divina, terão experiências penosas, a fim de restabelecer o equilíbrio de sua existência.

***

Como despertar o ser humano para as suas responsabilidades perante as leis instituídas por Deus?

André Luiz, em psicografia de Francisco Cândido Xavier, nos treze volumes da sua Coleção *A vida no mundo espiritual*, convida-nos à reflexão, relatando as experiências de inúmeros personagens, com seus enganos, arrependimentos e consequências. Essa análise, com certeza, mostrará o caminho adequado aos que desejam fugir do erro, aperfeiçoar seu comportamento e tornar sua jornada evolutiva e edificante.

***

[11]Quem vai para o chamado *inferno*, descrito por André Luiz em suas obras?

Lá não se encontram — assegura-nos — as almas simples que cometeram erros naturais das experiências primárias. Por impositivos de atração magnética, cada alma fica presa ao círculo de evolução que lhe é próprio. Aqueles que simplesmente resvalam neste ou naquele delito, desatentas para com os seus deveres no mundo, depois da morte estagiam nessas regiões por, relativamente, pouco tempo. São dias, meses ou anos, em processo de reflexão e reconsideração de suas atitudes, antes de ingressarem em nova encarnação, que os conduzirá ao reajustamento, tão breve quanto possível.

Nessas zonas sinistras residem autores de crimes deliberados, que apagaram a luz em si mesmos. Aqueles que, conhecendo as responsabilidades morais de que eram portadores, delas fugiram, com o louco propósito de enganar o próprio Deus. O *inferno*, a que se refere André Luiz em suas obras, pode ser definido como vasto campo de desequilíbrio para os que ostentam a maldade calculada, nascida da cegueira voluntária e da completa perversidade.

Quanto tempo aí permanecem?

Por séculos, às vezes, em conexão com a humanidade terrestre, porquanto todos os padecimentos são criações dela mesma. Deus, no entanto, jamais os abandona, colocando-lhes, à disposição, as casas de fraternidade e assistência, acolhendo-os quanto possível e habilitando-os para o retorno às experiências de natureza expiatória na carne.

***

[12]*Em que se baseia a duração dos sofrimentos do culpado?*

No tempo necessário a que se melhore. Sendo o estado de sofrimento ou de felicidade proporcionado ao grau de purificação do espírito, a duração e a natureza de seus sofrimentos dependem do tempo que ele gaste em melhorar-se. À medida que progride e que os sentimentos se lhe depuram, seus sofrimentos diminuem e mudam de natureza.

***

[13]Somos árbitros da nossa própria sorte. Podemos prolongar nossos sofrimentos pela obstinação no mal, ou abrandá-los e até abreviá-los por nossos esforços em direção ao bem.

Quando cai o véu da matéria, tomamos consciência das ilusões que nos cegavam o espírito e temos a divina oportunidade de iluminar novamente nossos caminhos. Por outro lado, se optamos por persistir no mal, tornam-se necessárias provas para nos corrigir.

Com o passar do tempo, aquisição de novas experiências, atribulações e encarnações sucessivas, chegará um momento em que imaginaremos ser possível adquirir coisa melhor do que temos.

Nossas aspirações se elevarão e, então, passaremos a compreender o que nos falta. A partir daí iniciaremos nossos esforços para consegui-lo e nos elevarmos.

O que Deus exige de nós para colocar fim aos nossos sofrimentos? Arrependimento, expiação e reparação. Em uma palavra, nossa séria e efetiva melhora e sincero retorno à senda do bem.

Se a justiça humana é falha, a divina é infalível. Vejamos, nesta página de Richard Simonetti, uma perfeita ilustração da colheita que obtemos, quando semeamos espinhos em nossa jornada.

[14]*O táxi estaciona em rua deserta, altas horas da noite.*

O passageiro, simulando procurar dinheiro no bolso, toma de um revólver e, à queima-roupa, desfere vários tiros no peito do motorista, que "morre sufocado, pulmões em brasa, golfadas de sangue pela boca, abafando angustiantes gemidos de dor!"...

Em sua carteira, o assassino encontra irrisória quantia — a féria de um dia. Uma vida sacrificada por míseros vinténs. A vida de um chefe de família que permanecia doze horas no volante para sustentar a esposa e três filhos!...

O assaltante deixa o carro e desaparece na noite... As investigações policiais resultam infrutíferas. Ficam apenas o registro no Boletim de Ocorrências da Delegacia, as manchetes nos jornais e a desolação e penúria dos familiares.

Anos mais tarde, o criminoso, após existência de desatinos e viciações, é acometido por tosse persistente, que resiste a toda medicação.

Submete-se a exames e fica constatado que tem câncer no pulmão. O terrível mal desenvolve-se rapidamente. O paciente experimenta dores horríveis, insuperável falta de ar.

Após meses de sofrimento, "morre sufocado, pulmões em brasa, golfadas de sangue pela boca, abafando angustiantes gemidos de dor", exatamente como sua vítima...

Como relembra Simonetti, cada um receberá segundo as suas obras. Quando semeamos espinhos, em nossa jornada terrestre, estamos automaticamente nos habilitando à colheita de sofrimento, às vezes, na mesma vida. Se não dermos outro rumo à nossa existência, em direção ao arrependimento e à reparação, a dor surgirá inapelavelmente na mesma proporção dos prejuízos que causamos. Imprescindível se torna, como diria Kardec:

Uma melhora séria, efetiva e um retorno sincero ao bem.[15]

***

[16]*Disse-nos, certa vez, um suicida:*

— Não, não estou morto.

E acrescentava:

— No entanto, sinto os vermes a me roerem.

Ora, indubitavelmente, os vermes não lhe roíam o perispírito e ainda menos o espírito; roíam-lhe apenas o corpo.

Como, porém, não era completa a separação do corpo e do perispírito, uma espécie de repercussão moral se produzia, transmitindo ao espírito o que estava ocorrendo no corpo.

Os sofrimentos por que passa são sempre a consequência da maneira por que viveu na Terra.

Dome suas paixões animais; não alimente ódio, nem inveja, nem ciúme, nem orgulho; não se deixe dominar pelo egoísmo; purifique-se, nutrindo bons sentimentos; pratique o bem; não ligue às coisas deste mundo importância que não merecem; e, então, embora revestido do invólucro corporal, já estará depurado, já estará liberto do jugo da matéria e, quando deixar esse invólucro, não mais lhe sofrerá a influência.

***

Assim como iniciamos, amigo leitor, encerramos este capítulo com a mesma indagação:

O que fazer com dois espíritos que não se reconciliam e continuam desafiando as regras da vida?

Qual será o destino dos nossos personagens Joanes e Petrus?

Nos textos que comentamos ou transcrevemos, pudemos acompanhar os destinos de diversos espíritos que persistiram no mal, por tempo indeterminado, em visível atitude de rebeldia contra os ditames divinos.

Analisando e refletindo sobre esses ensinamentos, podemos ter ideia do que vem por aí e está previsto para Joanes e Petrus.

16 – Insulamento providencial

[17]Mesmo antevendo projeções não muito agradáveis nas experiências que se seguiriam, nossos observadores surpreenderam-se com o que viram.

Defrontaram-se com um anão paralítico, de retardo mental profundo e sérias lesões cerebrais, com capacidade mental extremamente reduzida e de aspecto aparvalhado.

— Trata-se de Petrus — explicou Jonakin — sob os cuidados de Francesca, sua mãe prestimosa. Cuida dele com carinho e desvelo e, ao mesmo tempo, resgata as faltas da vida em que o abandonou e se uniu a Janis. Por sua melhor condição evolutiva, condoída dessa lamentável situação espiritual, ofereceu-se para auxiliá-lo no presente caminho pedregoso de reajuste.

— Contam com a proteção do Alto, mesmo com os erros do passado? — perguntou Filippo.

— Francesca, desde que por sua vontade e atos voltados para o bem, recebeu, de bom grado, o retorno de Aparício, jamais foi alcançada por velhos inimigos. Eles desistiram e dela se afastaram, pelo halo de proteção que adquiriu e do qual jamais abdicou, mesmo com o passar dos séculos.

— E o que dizer das velhas escravas, as sensitivas do passado distante, que dela cuidaram em momentos críticos?

— Observe, Filippo, mais de perto as imagens que temos à disposição, e você irá detectá-las. Viviana e Palominas, sob a doce condução de Lorraine, nunca a abandonaram e lhe dão, nesta hora difícil, o amparo e apoio necessários para que ela possa cuidar de Petrus.

Com efeito, embora sem a lucidez espiritual necessária para identificar mentoras da alta categoria de Milene e Sofie, fiéis protetoras dos Valverdes, Francesca sentia perfeitamente o abraço afetuoso das velhas amigas, que em tempo algum dela se afastaram.

Elas sustentavam as energias da mãezinha amorável, na dura missão de cuidar de Petrus, intuindo-a a demandar incessantemente as bênçãos do Alto, que absorvia a longos sorvos, realimentando-se com as fulgurações da prece.

Incapaz de saber exatamente de onde vinham aquelas robustas energias que a mantinham saudável e disposta a continuar com sua tarefa abnegada, tinha consciência, porém, de que mesmo não podendo ver a plêiade de espíritos que a sustentavam, eles ali se encontravam, protegendo-a.

— Atentemos — voltou a observar Jonakin — para o campo orgânico de Petrus. Semelhante a inúmeros personagens infelizes descritos por André Luiz em suas meticulosas descrições da vida espiritual, ele se encontra com dolorosa máscara de anormalidade e aberração. Um corpo medindo cerca de noventa centímetros, com grande cabeça, corpo disforme, exalando odores fétidos, inspirando compaixão e repugnância.

— Odores fétidos? Como assim? — indagou Filippo. Suas condições de higiene não são adequadas?

— Sim, Francesca cuida muito bem dele. No entanto, caro irmão, todas as criaturas, encarnadas ou desencarnadas, vivem cercadas pelo halo vital das energias que lhes vibram no interior do ser e que se irradiam por todos os lados, sensibilizando o olfato, de modo agradável ou desagradável, de acordo com a natureza de quem as irradia.

— E quando Francesca passa por maiores dificuldades, diante da imensa prova que abraçou? A quem recorre?

— Apega-se a Deus, como faz neste instante.

O círculo de luz que se condensava em torno do corpo perispirítico de Francesca, que se destacava na imagem do monitor[18], não era efeito luminescente, nem ocorria por acaso.

— Atente, amigo Filippo, para a oração que Lorraine,

com os olhos no firmamento faiscante de estrelas, profere compungidamente:

— Senhor Deus, desça seu compassivo olhar sobre todos nós, que nos distanciamos do seu amor. Particularmente, Pai, atenda os rogos de Francesca, que necessita do seu amparo, para que possa dar continuidade à sua ingrata tarefa. Ela não é mais, Senhor, a moça irresponsável do passado, quando, enfeitiçada pelas ilusões, abandonou o companheiro que agora tem sob seu regaço materno. Trata-se de respeitosa mãe rogando forças para sustentar o filho infeliz e a sua própria existência. Nutra-a de energias que refaçam suas forças, para que não pereça, e a auxiliem a espalhar sua luz, Senhor, nela própria e no rebento de que cuida.

Viviana, Palominas e as companheiras Milene e Sofie, arrebatadas por aquela demonstração de profunda fé, manipularam os fluidos que àquele ambiente acorreram, envolvendo Francesca em energias imponderáveis, restaurando-a.

***

Visando proporcionar ao seu companheiro de jornada, e a si mesmo, os ensinamentos decorrentes daquela experiência reencarnatória sob observação, Jonakin, em seguida, convidou Filippo:

— Aproveitemos este raro e precioso momento e auscultemos, por intermédio dos equipamentos que a superior direção espiritual nos disponibiliza, o campo íntimo do nosso velho conhecido Petrus.

Depois de alguns momentos de reflexão, os dois trabalhadores conseguiram sintonizar a faixa mental de Petrus, que, embora impossibilitado de articular qualquer palavra — mudo e surdo como se encontrava — estendia seus pensamentos, respondendo às indagações.

***

A memória de Petrus, não obstante a configuração de inconsciência, remeteu-os à época em que ele trajava vestes palacianas e tinha grande influência para consumar crimes que redundavam em cruel flagelação de pessoas de baixa estatura social. Inúmeros sofredores desfilavam em sua tela mental, como que cobradores dos atos indignos do outrora nobre.

Cercado de luxo e ouro manchados de sangue, o fidalgo de tempos passados não tinha consciência do anão paralítico de agora, ainda ostentando pretensa superioridade sobre seus semelhantes.

— Por que tanto sangue no caminho desse pobre coitado? — indagou Filippo.

Não precisaram pesquisar muito nos arquivos mentais de Petrus para encontrar a resposta. Facilmente depararam com sua preparada argumentação, segundo a qual todos os triunfadores do mundo precisaram pisar em cadáveres e provocar dores e lágrimas, para alcançar seus objetivos. Em sua lógica, o mundo estaria dividido em dois campos opostos: o dos que conquistam e o dos que são conquistados.

— Tristemente — ponderou Jonakin com seu companheiro de pesquisa —, Petrus ainda conserva a condição de prisioneiro de seu egoísmo, de sua sede de posse e de seu ódio. Embora com o corpo e o espírito quebrantados, persiste no orgulho de outrora. Ele se encontra parado no tempo, preso às reminiscências em que supõe ser, egocentricamente, centro do mundo. Há séculos Petrus vem provocando calamidades como homicídios, agressões aos desafetos, calúnias, suicídios, obsessões e, principalmente, vem se recusando a aproveitar as oportunidades de reconciliação com seu irmão Joanes, a quem vem perseguindo, desrespeitando e agredindo impiedosamente. Francesa acordou para as realidades da vida antes dele, aceitando auxiliá-lo em sua recuperação, que, infelizmente, demandará ainda muito tempo. Atualmente a mente de Petrus trabalha em circuito fechado, só pensando na nobreza, no poder e na riqueza que perdeu e, lamentavelmente, realimentando sua animosidade contra Joanes.

— De que valeu sua encarnação? Que vantagem angariou com seus padecimentos? — voltou a indagar Filippo.

— Diante de sua rebeldia sistemática, e da provável reação que seus criminosos comparsas teriam, caso viesse mudar de atitude repentinamente e, finalmente, da perseguição implacável de suas vítimas, que incessantemente o procuravam, por generosidade do Alto Petrus foi ocultado, provisoriamente, em corpo monstruoso — concluiu Jonakin.

Em favor dele próprio, Petrus, além de não conseguir comunicar-se, estava irreconhecível.

Nada mais esperando daquela fase da jornada, os dois assistentes limitaram-se a assimilar a preciosa lição que a espiritualidade lhes proporcionava e acompanhar, à distância, as preciosas orações em que Milene, Sofie, Lorraine, Viviana e Palominas envolviam aquele triste conjunto familiar.

17 – Remédio amargo

Na tela que facultava a viagem ao passado, de repente os virtuais exploradores detectaram três luzes, oriundas do fundo vale em que habitavam, provisoriamente, entidades inferiores. Focaram as visões, ampliando a origem das petições, e reencontraram as velhas e idosas escravas que protegeram Joanes em sua existência como nobre, na época em que encetou a terrível campanha contra Petrus e sua família, e não o abandonaram.

Da mesma forma que patrocinaram o providencial insulamento de Petrus, rogavam agora à espiritualidade que autorizasse o mesmo remédio amargo para o antigo déspota. Genuflexas, intercediam em favor de Joanes, contando, mais uma vez, com o desprendimento de Francesca, para uma nova e difícil empreitada.

Aspirando dar continuidade ao seu processo de renovação, Francesca não se fez de rogada e, abnegadamente, se predispôs a receber Joanes, como seu filho, em condições análogas à epopeia vivida com Petrus.

As imagens mudaram repentinamente de época e passaram a mostrar uma nova existência de Joanes.

***

— Irmão Jonakin. Conseguirá Francesca suportar essa aventura? De onde essa abnegada tirará forças para mais uma encarnação de graves compromissos?

— O amor de mãe conta com a inesgotável energia provinda das esferas superiores da falange de Maria, mãe de

Jesus, que, pelo profundo e verdadeiro amor dedicado ao seu filho, é ponto de referência e socorro a todas as mães do planeta. Espírito puro, não vinculado a quaisquer compromissos terrenos, continua inspirando dedicação, atenção, obediência, fidelidade e amor infinito a todas as mulheres que se predispõem ao sacrifício por criaturas, mesmo as perdidas, as esquecidas ou as rebeladas contra o mundo. Além disso — continuou Jonakin —, Francesca contará com a indispensável companhia de Milene e Sofie e, naturalmente, com o envolvimento das incansáveis Lorraine, Viviana e Palominas.

Diante de imagens que detectou no monitor celestial, Jonakin chamou a atenção de Filippo:

— Engenheiros espirituais autorizaram a união do velho monarca Leonardo com Francesca. Sob a assistência de auxiliares invisíveis, passaram a tutelar Janis, Aparício e o incorrigível Joanes, cujos pensamentos e sentimentos destoavam e contrastavam com os daquela família, unida sob o mesmo teto.

***

Embora com débitos do passado, os componentes daquele grupo lutavam para se reerguer. Já não eram mais os velhos e impiedosos tiranos do pretérito e sim resignados batalhadores com o nobre hábito da oração.

Todos, daquele abençoado lar, *remavam para o mesmo lado*, à exceção de Joanes, cujas odientas e sólidas forças persistiam. Resistiria, inabalável, o crápula? Ou se renderia diante da benéfica influência daquela família que se esforçava para adequar-se à corrente do bem?

[19]Informa Allan Kardec que as nossas ligações familiares advêm de existências anteriores, o que explica a simpatia entre nós e espíritos que nos pareceriam estranhos. Da mesma forma, pode acontecer de um mau indivíduo pedir, ou ser encaminhado, a uma família, a fim de absorver boas influências. Nessa linha de pensamento, é comum que almas simpáticas, que já vivenciaram honrosas experiências no passado, se aproximem e se sintam felizes juntas. Finalmente, é possível, desde que útil ao crescimento espiritual, que entidades antipáticas concordem em permanecer juntas no mesmo palco da vida.

***

[20]Joanes nasceu paralítico, dentro de uma boa família, em clima de equilíbrio e tranquilidade. Aos oito anos de idade, ainda não falava, não andava, via muito mal e quase nada ouvia da esfera humana. Cumpria severa pena, lavrada por ele mesmo, oriunda de deserções e comprometimentos de vidas passadas. Decretou a morte de muitas pessoas, vingou-se de desafetos pessoais, semeou ruínas, viveu suplícios em regiões inferiores e, particularmente, continuava nutrindo ódio contra seu secular inimigo, Petrus.

Muitas vítimas perdoaram seus crimes, no entanto Petrus seguia-o, obstinado, anos afora. Não lhe dava trégua e encontrava-se agora ao seu lado, cobrando suas dívidas, em autêntico círculo vicioso, em que os dois se alternavam, ora apartados da carne, ora encarnados, em litígio.

Joanes estava de ossos à mostra e pele quase transparente. Não fora o passado delituoso, seria uma criança saudável, bela e feliz. A cena, porém, era constrangedora.

Quase imóvel, emitia gritos e sons roucos, mais parecendo um animal.

— Isso foi mesmo necessário? — perguntou Filippo. Parece que ele retrocedeu no tempo, assumindo a figura de um de nossos ancestrais bestializados, como antropoide das cavernas!

— Embora o espírito jamais retroceda, todo mal que praticamos — assim como todo bem — incide diretamente em nossa organização perispiritual. Estamos contemplando os frutos de sua atividade criminosa. Os pensamentos de revolta e vingança daqueles que ele voluntariamente ofendeu atingiram seu corpo perispiritual por décadas seguidas. Quem domina, ofende e fere, desrespeita a lei que governa nossos destinos. Ele semeou o mal e colhia-o agora. Sofria as consequências naturais do desvio de sua autoridade a fim de aprender a corrigir-se.

— Felizmente ainda contava com a assistência das incansáveis Lorraine, Viviana e Palominas, verdadeiras mães espirituais, que pleitearam, mais uma vez, a ternura da abnegada mãe, amorosa e justa em que se converteu Francesca.

— Além disso, chorando e debatendo-se, em reação natural de seu campo consciencial, captava a atmosfera exterior pelos sentidos físicos, embora ofuscados pelas deficiências visuais e auditivas, que lhe conferiam escuridão do pensamento. Assimilava energias vivificantes oriundas de Leonardo, Francesca, Janis e Aparício, que entrelaçavam as mãos sobre ele, despendendo energias para ajudá-lo.

— Assistida pelas três antigas e fiéis escravas e pelas vibrações superiores de Milene e Sofie, Francesca conseguiu zelar pelo pobre sofredor, abeberando-se das forças divinas que respeitavam sua vocação para o devotamento e abnegação, porquanto representava, naquele instante, a autêntica luz da vida, enriquecendo a obra de Deus.

Nesse instante, os monitores começaram a mostrar a movimentação de Petrus, que tocou, com a destra, o cérebro do doente. Imediatamente o rosto de Joanes ficou pálido. A angústia e o pavor tomaram conta do seu semblante. Da entidade perseguidora começaram a surgir estrias negras de substância semelhante ao piche, que atingiram a parte superior do sistema nervoso do pequeno paralítico.

***

Se o amor emite raios de luz, o ódio arremessa estiletes de treva.

André Luiz

***

Extremamente sensibilizados, Jonakin e Filippo, além de lamentar aquela triste e dantesca cena, ao mesmo tempo, agradeceram ao Alto a difícil, porém, preciosa lição que a espiritualidade lhes proporcionava.

Aos olhos do mundo, o melhor para aquela criança teria sido a chamada *morte suave*, nome poético para a eutanásia, que etimologicamente significaria morte tranquila, sem sofrimento. Infelizmente, a medicina terrestre ignora que o corpo incurável, o amor e o sacrifício de uma família e, principalmente, de um coração materno, podem restituir o equilíbrio a um espírito endividado.

18 – Providências da espiritualidade

Façamos uma pausa, caro leitor, na viagem que os enviados de Apolo estavam empreendendo, por séculos afora, para obter informações detalhadas de Petrus, Joanes e Francesca. A intenção da dupla se concentrava na elaboração de plano de trabalho que os orientasse adequadamente, no cumprimento da missão que lhes fora outorgada. Vamos acompanhar agora a sua volta aos tempos atuais, quando foram conhecer Paola, jovem professora, responsável pela educação escolar das crianças Viviana, Lorraine e Palominas, com cinco, quatro e três anos de idade.

***

Desde que as conheceu, Paola percebeu que eram crianças especiais, com níveis de conhecimento, percepção e moralidade muito acima de seus habituais alunos.

E foi com preocupação que a mestra notou as ausências das três alunas, porquanto já aprendera a observá-las com muita atenção, curiosa por conhecer seus familiares. Deduzia que recebiam esmerada educação em seu lar e que os pais fossem pessoas extremamente cultas e educadas.

Sua preocupação exacerbou-se ainda mais, quando, no retorno das pequenas à escola, notou-as extremamente tristes e acabrunhadas.

Espírita, sempre disposta a estender sua atenção e braços em favor dos semelhantes, resolveu fazer uma visita, no final de semana, à família das garotinhas.

Ao conhecer Francesca, a mãe, logo percebeu tratarse de abnegada mulher, lutando com muitas dificuldades para manter aquele lar, tanto em relação às necessidades materiais do grupo, como em relação a harmonia espiritual, diante do estado de prostração e desânimo em que se encontrava o filho Petrus.

Sensitiva, imediatamente detectou a presença do obsessor Joanes, engalfinhado com sua vítima, quais fossem irmãos utilizando a mesma carcaça perispiritual. Além disso, suas percepções foram além dos tempos atuais.

***

Jonakin e Filippo, intrigados, buscaram nas imagens que lhes estavam sendo apresentadas, na pesquisa histórica da vida dos personagens sob exame, e foram encontrar nas mentoras da casa, Milene e Sofie, a resposta para as indagações

— Sim, caros amigos. Suas memórias não os enganaram. Por sugestão nossa, a visita de Paola não foi casual. Embora sem detectá-la ou reconhecê-la, Joanes, o inveterado algoz de Petrus, sentiu a presença de velha companheira do passado, que lhe fora prometida para casamento, e de quem se distanciara por interferência de Petrus, na época seu irmão — explicou, atenciosamente, a protetora Milene.

— E notem, caros irmãos — falou Sofie — que a dedicada professorinha emitiu recíproca sensação de familiaridade em relação a ambos, ao mesmo tempo que se entristeceu, devido à situação odiosa em que os reencontrou.

***

Tocada emocionalmente pelo cenário observado, porquanto ali acorrera em atenção às suas queridas alunas, Paola elevou, silenciosamente, seu pensamento em prece, rogando as bênçãos do Alto para aquelas personagens sofredoras.

Voltou para o seu lar, onde encontrou seu pai Leonardo, que, imediatamente, percebeu sua perturbação.

— Aconteceu alguma coisa com você, filha? Está lívida e seu rosto demonstra muita preocupação.

— Papai, você me conhece muito bem.

E Paola relatou toda a situação, tomando o cuidado de descrever o quadro de beligerância entre os dois espíritos — um desencarnado e outro encarnado —, em franco processo mútuo de obsessão.

Por outro lado, destacou a figura de Francesca, que se lhe revelou heroica criatura buscando serenar os ânimos e manter o lar em harmonia.

Falou ainda de suas pequenas alunas, que, não obstante as tenras idades, aparentavam ser espíritos elevados, verdadeiras protetoras daquele desventurado lar.

Finalmente, Paola confidenciou ao pai que sua ida ao lar dos Valverdes não foi casual. Provavelmente fora *convidada* pelos espíritos protetores, os guardiães daquela casa.

— Não é só isso. Noto você perturbada emocionalmente. Aconteceu alguma coisa mais que você não me contou? — indagou Leonardo.

— Sim, papai. Nada posso esconder de sua perspicácia mesmo. Senti alguma familiaridade com os dois personagens em litígio. Alguma coisa me diz que já tivemos algum encontro no passado.

— Temos que levar o assunto ao nosso centro espírita e, se for o caso, para as específicas reuniões de atendimento a irmãos obsessores. Aproveitemos o dia de hoje, domingo, em que teremos sessão mediúnica destinada aos sofredores desencarnados.

— Que bom que você entendeu a gravidade do problema, papai. Se antes eu estava preocupada com minhas alunas, agora muito mais com sua família e, principalmente pelo quadro que encontrei, provavelmente oriundo de vidas anteriores, que evoluiu dos sentimentos de vingança, rancor e antipatia, para verdadeira guerra entre desafetos.

— Deus é grande e misericordioso, minha filha. Se você foi chamada a conhecer essa situação, é porque podemos modificá-la.

Assim dizendo, ambos se prepararam para dirigir-se à costumeira reunião mediúnica do centro espírita que frequentavam.

***

Depois das leituras e comentários em torno de temas ligados ao Evangelho, os frequentadores de uma das reuniões mediúnicas do Centro Espírita Amor e Luz receberam uma visita.

— Boa noite, caros irmãos. Meu nome é Milene. Eu e minha companheira Sofie somos protetoras do lar que a irmã Paola visitou esta tarde.

— Fui eu que a inspirei a visitar suas alunas. São irmãs de muito conhecimento e elevação espiritual, que se deixaram envolver pelas vestimentas carnais, por amor aos componentes daquele grupo, principalmente pelo lamentável processo de perturbação que existe entre o enfermo da casa e um irmão desencarnado. O desentendimento entre eles já pode ser contado por séculos.

— De que forma poderemos ajudá-los, cara irmã? — adiantou-se Leonardo.

— Respondendo às orações das três criancinhas, a espiritualidade enviou dois emissários, para tentar ajudar aquele lar. No entanto, até para que eles obtenham sucesso em sua empreitada, precisaremos da ajuda deste grupo.

— Estamos prontos para auxiliá-los — falou Paola.

— Não agora, mas no momento apropriado, vamos trazer as entidades infelizes, que obstinadamente insistem em se atormentar mutuamente, há muito tempo. Necessitam de nossa ajuda, mais do que nunca. Ambos devem rever seus sentimentos e superar suas aversões. Enquanto isso não é possível, precisamos que em todas as reuniões desta casa vocês se mantenham em oração, emitindo vibrações de amor e paz, para que o trabalho dos enviados da espiritualidade seja facilitado.

— Conte conosco, irmã Milene — falou Leonardo. E se não for inconveniência de nossa parte, poderia nos dar um esclarecimento final? Minha filha Paola sentiu alguma ligação com os litigantes desse processo obsessivo. Ela já os conhecia de outras vidas?

— Sim, assim como você, Leonardo, ambos conviveram em outras épocas com essa família. Na hora devida todas essas dúvidas serão esclarecidas. Fiquem com Deus...

Entenderam os componentes do grupo mediúnico que eram as informações passíveis de serem fornecidas pelos espíritos. Além disso, perceberam que estavam diante de um grave caso de obsessão, em que vibrações de revolta e vingança precisariam ser superadas. A participação dos encarnados era solicitada para facilitar os diálogos com os componentes daquela velha rixa.

Leonardo e Paola, emocionados por terem sido confirmadas suas deduções e, ao mesmo tempo, por terem ligações com aquela família, tomaram a iniciativa de convidar todos do grupo para encerrarem a reunião da noite, orando em favor da conciliação e da harmonia daquele lar desajustado.

***

Jonakin e Filippo a tudo assistiam de longe, gratos à proteção divina, que vinha em seu auxílio, dando melhores condições para o cumprimento das tarefas que lhes haviam sido confiadas.

Voltemos ao passado.

19 – Presos

[21]Embora com muita experiência no trato com espíritos egoístas, cruéis, ignorantes ou cultos, mas sempre de índole comprometedora, Jonakin surpreendeu-se com a visão que passou a ter, juntamente com o companheiro de

espreita, na virtual jornada que estavam percorrendo.

Cientes de que a primeira colheita de nossos desvios, durante a vida encarnada, ocorre depois da morte do corpo físico, adentraram largo portão de sítio localizado em províncias ditas infernais. Penetraram em região densamente envolvida por sombras, iluminada apenas por tochas mortiças.

Embora já tivessem vivenciado, em experiências anteriores, contato com criaturas em soluços e gritos, os dois companheiros teimavam em não se acostumar ou considerar como normais semelhantes manifestações.

— Ao que tudo indica — observou Jonakin — brevemente vamos encontrar nossos amigos Petrus e Joanes sob a vigilância de algum guardião das trevas, responsável por sua custódia e de muitas outras almas em reajuste.

Os dois assistentes presenciaram, pelas câmeras do além, o ingresso numa organização de sofrimentos, onde se reuniam milhares de entidades ainda presas a sentimentos desvairados e sombrios. Isoladas em crises de perturbação e angústia, esses espíritos poderiam permanecer nessa situação por dias, meses ou anos, até que pudessem ser acolhidos pelas mansões transitórias da espiritualidade.

Ainda que não estivessem vivenciando aqueles tristes momentos, porquanto apenas assistiam a registros de fatos já ocorridos, nossos espectadores ficaram penosamente tocados pelos gemidos e lamentações que lhes provocaram desagradáveis impressões.

Tal como Jonakin previra a Filippo, passaram por pequena e rústica porteira que abriu passagem para uma construção mais parecida com uma estrebaria, destinada ao confinamento de animais. Várias celas foram dadas à observação, onde encontraram, em duas delas, nossos velhos amigos, Joanes e Petrus.

Firmemente reclusos por materiais seguros, destinados à contenção de entidades rebeldes, os dois espíritos exalavam desagradável odor, que se assemelhava ao cheiro de carne em decomposição.

***

— O mais interessante é que os equipamentos de que dispomos — narrou Jonakin — não nos facultam apenas ouvir e ver, mas sentir os odores e as vibrações oriundas dos observados.

— O que isso significa? — indagou Filippo curioso e, ao mesmo tempo, demonstrando asco.

— Estamos diante do halo vital das energias que vibravam no interior dessas criaturas reclusas — informou Jonakin. Assim como muitos encarnados passam a exalar fétidos odores, por falta de higiene corporal, ou porque alimentam-se inadequadamente, tanto de alimentos materiais, quanto de energias negativas, as recordações desses infelizes irmãos traziam imagens de seus erros e de seus cadáveres. Transportavam o que os cientistas da Terra denominam de *cheiro da morte.*

Calaram-se para prestar atenção no primeiro recluso, Joanes, que de cabeça pendida entre as mãos, clamava, revolto:

— Chamem os cavaleiros do meu castelo. Meus fiéis guardiães me libertarão.

Como se, em instantes, viajassem pelo tempo, viram Joanes em nova cena, olhar concentrado em determinado ponto, aparentemente, no vazio, a que tiveram acesso.

***

Jonakin e Filippo viram larga tela mostrando a rua de grande cidade, com Joanes dirigindo um veículo. De longe, o condutor identificou um bêbado cambaleando. Era seu imortal inimigo, Petrus, à sua disposição, para definitivo acerto de contas. Impiedosamente, Joanes o perseguiu até atingi-lo e depois, repetidamente, passou com o veículo sobre o seu corpo, até deixá-lo inanimado.

***

Não obstante todo o sofrimento por que passou, mesmo com os cuidados de Francesca, Lorraine, Viviana e Palominas, além do acompanhamento de Leonardo, Aparício e das duas fiéis protetoras Milene e Sofie, Joanes mais uma vez se deixara vencer pelo ódio. Era exatamente nessa situação que se encontrava. Desesperado, arrependido e frustrado pelos séculos perdidos em suas inúmeras encarnações.

***

Jonakin e Filippo deram uma pausa em suas observações e confabularam:

— O que se deveria fazer com dois espíritos que não se reconciliaram e continuam desafiando as regras da vida? Que destino deveriam ter criaturas que insistem em medir forças com o Criador? O que se poderia fazer com quem persiste na má luta e tripudia nos tormentos dos seus semelhantes?

— Afinal, que destino estaria reservado para aquelas torpes almas, cujas consciências não mais se abalavam ao lançar lodo e treva no caminho de seus irmãos?

***

Depois de tantas tentativas da espiritualidade, crescia a impressão de que Joanes encontrava-se numa encruzilhada de sua vida espiritual. Jonakin e Filippo anteviam sérias providências da espiritualidade.

20 – Na cela ao lado

— Ele virá! Logo seu poder de fogo se fará presente e arrasará estas masmorras, libertando-me. Nosso pacto está em vigor e vocês todos se arrependerão de me terem atado a esses grilhões.

Quem assim gritava era Petrus, na cela ao lado de Joanes. Uma criatura feridenta, com odores que, mesmo à distância, e em outra época, provocava náuseas. Esbravejava com arrogância, violência e movimentava-se sobre substâncias fétidas e podres, cobertas por sangue. Na verdade, toda aquela sujeira era constituída pelas emanações mentais do infeliz sentenciado.

[22]Focamos nossas atenções na mente do pobre Petrus e lá encontramos Belfegor — *figura animalesca de um homem agigantado, de longa cauda, com a fisionomia de um caprino degenerado, exibindo pés em forma de garras e ostentando dois chifres, sentado numa cadeira tosca, qual que vivesse em perfeita simbiose* com a criatura sob nossa observação.

— Ele alimenta a certeza de ter firmado um pacto com o diabo, quando, na realidade, chamou ao seu auxílio velhos comparsas do passado, que o acompanharam em inúmeros crimes — observou Jonakin para Filippo.

***

[23]*Algo de verdade haverá nos pactos com os maus espíritos?*

Não, não há pactos. Há, porém, naturezas más que simpatizam com os maus espíritos.

[24]*Qual o sentido das lendas fantásticas em que figuram indivíduos que teriam vendido suas almas a Satanás para obterem certos favores?*

Todas as fábulas encerram um ensinamento e um sentido moral. O vosso erro consiste em tomá-las ao pé da letra. Isso a que te referes é uma alegoria, que se pode explicar desta maneira: aquele que chama em seu auxílio os espíritos, para deles obter riquezas, ou qualquer outro favor, rebela-se contra a Providência; renuncia à missão que recebeu e às provas que lhe cumpre suportar neste mundo.

Sofrerá na vida futura as consequências desse ato. Não quer isto dizer que sua alma fique para sempre condenada à desgraça. Mas, desde que, em lugar de se desprender da maté-

ria, nela cada vez se enterra mais, não terá, no mundo dos espíritos, a satisfação de que haja gozado na Terra, até que tenha resgatado a sua falta, por meio de novas provas, talvez maiores e mais penosas. Coloca-se, por amor dos gozos materiais, na dependência dos espíritos impuros.

Estabelece-se assim, tacitamente, entre estes e o delinquente, um pacto que o leva à sua perda, mas que lhe será sempre fácil romper, se o quiser firmemente, granjeando a assistência dos bons espíritos.

***

Assim como Fausto que, segundo a peça teatral de Goethe, teria feito um pacto com o diabo, Petrus teria invocado Mefistófeles, o demônio, a fim de conseguir poder e derrotar seus inimigos.

Petrus achava-se possuído de poder, beleza e sedução e, com efeito conquistava donzelas, desprezava-as e as induzia ao suicídio. O apuro de sua apresentação, graça e formosura atraía as mulheres e a inveja dos homens. Os trajes elegantes e sóbrios, o porte atlético e os talentos natos da comunicação verbal distinguiam-no dentre seus pares da sociedade.

Petrus tinha bastas razões para acreditar que contava com os poderes invocados das forças do mal. Suas energias gozavam de visível renovação, revezando-se as fontes originadas de entidades malfazejas que o assistiam.

Os *diabos* evocados por Petrus — velhos comparsas de jornadas passadas — não se faziam de rogados, *alimentando-o* de energia, ideias, rapidez mental, perspicácia, sagacidade e grande capacidade de arguição, para concretizar seus propósitos.

Se fôssemos, por meio da Doutrina Espírita, tentar explicar as metamorfoses por que passara Petrus, teríamos que nos lembrar de *O Livro dos Médiuns*, de Allan Kardec, para identificar um autêntico e permanente fenômeno de evocação e inspiração, tanto para o bem, como para o mal.

De forma singular, como poucos, sem qualquer escrúpulo ou preocupação moral, Petrus utilizava-se das técnicas de convencimento sugeridas por seus pares invisíveis.

Assim vivia ele, transpirando ambição, excitação e fervilhando ódio contra quem se atrevesse a criticá-lo ou atravessar o seu caminho.

Quem apenas o visse exteriormente não atentaria para a substância fluídica deprimente que o envolvia. Uma espécie de auréola cinzenta denotaria sua condição de inferioridade e de maldade. Socialmente, um homem de fino trato. Bastaria, no entanto, que se desse ao repouso, ainda que ligeiro, para demonstrar a sua deplorável condição psíquica.

Ao afastar-se momentaneamente de sua carcaça física, a sua organização perispiritual mostrava outra criatura.[25]

A face revelava algo de monstruoso, tal qual o personagem de Oscar Wilde, Dorian Gray, que assumia horrenda expressão, à medida que se dedicava ao mal.

***

O homem e a mulher, com seus pensamentos e atitudes, palavras e atos, criam, no íntimo, a verdadeira forma espiritual a que se acolhem. Cada crime, cada queda, deixam aleijões e sulcos horrendos no campo da alma, tanto quanto cada ação generosa e cada pensamento superior acrescentam beleza e perfeição à forma perispirítica, dentro da qual a individualidade real se manifesta, mormente depois da morte do corpo denso.

André Luiz

Há criaturas belas e admiráveis na carne e que, no fundo, são verdadeiros monstros mentais, do mesmo modo que há corpos torturados e detestados, no mundo, escondendo espíritos angélicos, de celestial formosura.

***

— Amigo Filippo. Petrus, com seu *pacto* com as sombras, ficou à mercê de criaturas animalizadas, que o mantiveram em sérios desequilíbrios. A situação precária e triste em que agora se encontra, encarcerado, é fruto dessa vida sem fé, sem ideais santificantes e sem conduta digna. Colhe agora o resultado dos perigos e crimes que provocou, na trama de suas vidas. Daí o seu aspecto de verdadeiro bruxo, contrastando com sua bela indumentária física

Algo dizia aos dois ouvintes daqueles tristes episódios que havia muito mais. Petrus deveria ter cometido nova atrocidade contra Joanes. E, mais uma vez, a tela mágica lhes revelou novas e desastrosas aventuras.

***

Empolgado com sua beleza, virilidade e influência sobre as pessoas, Petrus passou a seduzir as mulheres bonitas que encontrava e que, depois de amá-lo, eram destruídas. Sua vida passou a ser dirigida pela luxúria e pela aparência física e a ser direcionada totalmente por vícios.

Em determinada noite, Petrus foi procurado por Joanes, encarregado de apurar seu comportamento ligado ao sensualismo, ao crime e à desonestidade. Petrus admitiu sua devassidão e levou Joanes para o interior de sua casa, sob o pretexto de lhe mostrar seus quadros.

Joanes percebeu que estava sendo envolvido pelas falsidades de Petrus e ambos discutiram. Em determinado momento, Petrus apunhalou Joanes pelas costas, até sua morte.

Para livrar-se do cadáver, Petrus o dissolveu com ácido nítrico, destruindo todas as provas contra ele. Em seguida viajou, e, quando retornou, prosseguiu sua vida de libertinagem, desregramentos e crimes.

Assim que tomou consciência de sua morte e da identidade do criminoso, Joanes iniciou novamente seu processo de perseguição espiritual contra Petrus.

***

Da mesma forma que encerramos o capítulo anterior, voltamos a indagar:

O que fazer com dois espíritos que não se reconciliam e continuam desafiando as regras da vida? Que destino podem ter as criaturas que insistem em medir forças com o Criador? O que fazer com quem combate a má luta, tripudiando nos tormentos dos seus semelhantes? Quem são esses que insistem em lançar lodo e treva no caminho de seus irmãos?

Joanes e Petrus já receberam dez oportunidades de redenção e reconciliação. É chegado o momento de receberem singular visita em seus cárceres, na espiritualidade.

21 – Diálogo

[26]O manancial de informações que Jonakin e Filippo estavam obtendo em dado momento permitiu uma pausa diante da extraordinária oportunidade que Apolo havia lhes proporcionado de aprendizado e reflexão. Filippo, não tão habituado à lida e ao contato com tantas aventuras reencarnatórias, afastou-se um pouco dos aparelhos que facultavam as ligações magnéticas com as vidas passadas de Joanes, Petrus e Francesca, para colocar as ideias em ordem. Como se esperava, não tardaram suas indagações.

— Jonakin, você já havia acompanhado, em trabalhos anteriores, semelhante resistência à transformação de almas, como estamos agora presenciando?

— Amigo Filippo, felizmente o esquecimento é generoso com a evolução do espírito. Eu mesmo tenho perfeita intuição de que resisti, não por dez, mas por muito mais vezes, antes de retomar a charrua do esforço profundo, em busca do progresso. Ainda não estou em condições de me lembrar de todo o passado, pois não tenho estrutura para isso. Embora lamente o esquecimento de afeições queridas, por outro lado, tenho consciência de que somente os espíritos que, na vida física, atenderam seus deveres, retomam plenamente os domínios da memória. Agradeço sinceramente a Deus a bênção da desmemória, pelo menos por enquanto. A culpa, meu irmão, da qual ainda não me desvencilhei totalmente, pode provocar sombras em nossa visão e, por consequência, ao nosso atual esforço de progresso.

— No entanto, tentando responder mais objetivamente sua pergunta, posso lhe adiantar que me encontro neste abençoado terreno de recuperação, aprendizado e trabalho há mais de cinquenta anos, desde o meu mais recente desligamento da Terra. Fui recebido como enfermo e me transformei em aluno e depois em trabalhador. Já fui padioleiro, cooperador de limpeza, enfermeiro, professor e magnetizador. Minha função atual, que recebi de Apolo com alegria e responsabilidade, permite que eu tenha contato com inúmeros doentes do espírito, cada qual com seu drama, suas neuroses, suas emoções e sentimentos.

— E então — insistiu Filippo. O caro irmão já acompanhou casos semelhantes a este sob a nossa responsabilidade?

— Cada entidade tem suas motivações, tanto para o bem, quanto para o mal. Posso lhe assegurar que dificilmente encontrei quem se enredasse em semelhante redemoinho obscuro. Acorrem tão profundamente às densas trevas somente consciências que se encantaram com o poder e resolveram criar seu próprio reinado, além das fronteiras humanas. São grupamentos de inteligências — tais quais Petrus e Joanes — perversas e atrasadas, anexos aos círculos da crosta, influenciando os homens.

[27] — *Por que não suprime o Senhor Compassivo e Sábio tão pavoroso quadro?* — tornou a perguntar Filippo.

— *Somos simplesmente alguns bilhões de seres perante a Eternidade. E estejamos convencidos de que se o diamante é lapidado pelo diamante, o mau só pode ser corrigido pelo mau. Funciona a justiça, através da injustiça aparente, até que o amor nasça e redima os que se condenaram a longas e dolorosas sentenças diante da Boa Lei. Homens perversos, calculistas, delituosos e inconsequentes são vigiados por gênios da mesma natureza, que se afinam com as tendências de que são portadores. Realmente, nunca faltou proteção do Céu contra os tormentos que as almas endurecidas e ingratas semearam na Terra e os numes guardiães*[28] *não se despreocupam dos tutelados; no entanto, seria ilógico e absurdo designar um anjo para custodiar criminosos* (grifo do autor).

— Até onde vai — continuou me indagando Filippo — a paciência dos poderes espirituais, de semelhante obstinação, no profundo arraigamento desses dois irmãos contra as leis divinas?

— Permita-me, amigo e companheiro, trazer-lhe, resumidamente, um caso de *décima vez*, que poderá se aplicar aos nossos personagens Joanes e Petrus.

[29]— Narra o bondoso repórter da espiritualidade, André Luiz, experiência vivida, ao lado de Anacleto, chefe de auxílio dos passes magnéticos, ministrados aos frequentadores de casa espírita. Um dos cooperadores do serviço aproximou-se:

— *Estimaria receber a sua orientação num caso de "décima vez". Trata-se de nosso conhecido que apresenta grave perturbações no baço.*

— André Luiz acompanhou o atendimento a um cavalheiro idoso, com o fígado e o baço em grande desequilíbrio e, para sua surpresa, o mentor determinou que a carga negativa que estava envolvendo os órgãos afetados não fosse eliminada.

— *Nossa missão é amparar os que erraram e não de fortalecer os erros* — esclareceu Anacleto.

— E acompanhando mais de perto o caso em que o socorro mais direto não seria dispensado ao sofredor, André ouviu do instrutor:

— *Há pessoas que procuram o sofrimento, a perturbação e o desequilíbrio. Quando encontramos enfermos nessa condição, salvamo-los dos fluidos deletérios em que se envolvem por deliberação própria, por dez vezes consecutivas, a título de benemerência espiritual.*

— *Todavia* — continuou —, *se as dez oportunidades voam sem proveito para os interessados, temos instruções superiores para entregá-los à própria obra, a fim de que aprendam consigo mesmos. Poderemos aliviá-los, mas nunca libertá-los.*

— Ora — interrompeu Filippo —, infelizmente, meu caro Jonakin, embora eu não tenha ainda a sua grande experiência nessa área de estudos, parece-me que essa narrativa sugere que nossos caros Joanes e Petrus desperdiçaram muitas oportunidades que o Alto lhes proporcionou...

— Você está absolutamente certo, Filippo. Os pobres irmãos sob a nossa análise abusaram do gosto pelas rixas frequentes, utilizaram-se de seus poderes para impor suas vontades e prejudicaram muitas criaturas, principalmente a si mesmas. E mesmo tendo vivido encarnações severas, com dores e limitações graves, ainda não se abalançaram em retificar seus procedimentos.

— Nesse caso — arriscou timidamente Filippo — poderíamos dizer que aqui se aplica o texto bíblico contido em Provérbio 22:8: *O que semear a perversidade segará males; e com a vara da sua própria indignação será extinto.*

— Aguardemos, amigo e irmão, com atenção, nos relatos que nos estão sendo disponibilizados, as providências advindas das superiores organizações espirituais.

22 – Dois casos de décima vez

De quantas existências, quantos corpos, quantos séculos, quantos serviços, quantos triunfos, quantas mortes necessitamos ainda?

André Luiz

— Quem está ali, Jonakin? — perguntou Filippo, ao tentar distinguir três vultos, no meio daquele verdadeiro nevoeiro, encobertos pelas sombras densas das prisões em que se encontravam Joanes e Petrus.

Ajustaram as imagens e distinguiram, a princípio, uma claridade bruxuleante que, gradativamente, foi aumentando de intensidade, assustando o guarda a serviço naqueles cubículos inferiores. Aos poucos, conseguiram distinguir Lorraine, Viviana e Palominas, as velhas escravas, que haviam preferido manter suas antigas indumentárias na atual aparência perispiritual.

Fiéis aos seus princípios de guarda e proteção — que atravessavam séculos — ali estavam, em fervorosas orações, intercedendo em favor dos seus obstinados protegidos, diante das grades que os custodiavam. Em poucos instantes atraíram a presença de Milene e Sofie, que se juntaram a elas em oração.

Um impulso luminoso, irradiando bondade e submissão, registrava aflitivo apelo em favor dos confessos infratores. A elevada frequência da súplica atravessou os círculos inferiores, em direção ao templo de mestre Apolo.

Sua resposta não se fez esperar. Se antes o local havia sido invadido por atípica luminosidade, agora o ambiente começava a saturar-se de suave luz, inundando as celas, os corredores, os detentos, o agente da vigilância e, finalmente, as cinco senhoras ali ajoelhadas, em prece contrita.

Uma sublime mulher, de face meiga e bela, portadora de divino amor fraternal, adentrou o recinto, trazendo um rastro de raios divinos a fluírem de origens invisíveis, com respeitosa organização perispiritual que a todos impressionou — incluindo os dois observadores — provocando instintiva mesura de respeito e comoção. Era irmã Antonela, emissária de Apolo, designada para atender as bondosas protetoras.

Assim que chegou ao recinto, ergueu as senhoras que se encontravam ajoelhadas, para iniciarem o diálogo. O poder daquela nobre emissária modificou totalmente o campo vibratório do ambiente, despertando os encarcerados de seus delírios e estacando suas imprecações. Todos estavam prosternados diante daquela impressionante personalidade, de elevada posição espiritual.

Antonela já conhecia toda a história daqueles impenitentes pecadores. Ali estava para atender a intercessão daquele quinteto que os acompanhava de longa data.

Agora conscientes da gravidade de suas situações, principalmente por terem atraído aquela elevada visita, provinda de páramos celestes, Joanes e Petrus quase desfaleceram, oprimidos pela força que os compelia à quietação, registrando abalo forte e indisfarçável: ajoelharam-se diante daquela que julgavam ser a excelsa madona.

[30]— Joanes e Petrus! Há décadas estamos tentando modificá-los com nosso esforço educativo. Em resposta temos recebido de ambos somente cóleras aniquiladoras. Nesses anos todos, em todas as oportunidades que a bondade divina lhes conferiu, vocês acumularam sofrimento, perturbação, desequilíbrios e crimes, principalmente um contra o outro. Quando tantos ensejos são desperdiçados, deliberadamente, como é o caso de vocês, voando sem proveito, temos instruções superiores para entregá-los à própria obra, a fim de que aprendam definitivamente o caminho do bem.

Assim dizendo, Antonela encerrou a conversa e se retirou, levando consigo as cinco protetoras da dupla. Elas iriam receber expressas instruções para coordenarem o plano reencarnatório de Joanes e Petrus.

Tristes, condoídas, nenhuma delas se atreveu a reivindicar qualquer clemência ou condescendência à divina mentora, cientes de que seus protegidos somente se disporiam a mudar suas perversas disposições à custa de métodos mais rígidos e severos.

Aqueles teimosos corações tornaram-se o centro de

convergência de intensas vibrações destruidoras, edificando o verdadeiro inferno em que se aprisionaram. A única solução libertadora para Joanes e Petrus seria o bem, com a luz que liberta, em contraponto ao mal, que até então haviam praticado, com a treva que aprisiona.

***

Jonakin e Filippo, já habituados com situações semelhantes, embora jamais tivessem observado caso tão grave, tinham uma ideia do que estava sendo preparado para os dois teimosos.

INTERREGNO

Da mesma forma que na disputa de uma competição esportiva, nos acintes às regras que a disciplinam, ou no desrespeito do ser humano às leis sociais ou penais, ou no simples processo evolutivo de uma criança, em que os personagens *testam* as autoridades que as tutelam, buscando descobrir os limites de tolerância de seus superiores para suas transgressões, isso também pode ocorrer com espíritos em evolução.

Nestas páginas o leitor está acompanhando a epopeia vivida por alguns seres que enveredaram pela ilusão de que poderiam viver de acordo com as suas próprias regras.

Testaram as leis divinas durante dezenas de vidas. Encontraram o limite máximo de tolerância permitido pelos padrões estabelecidos pelas autoridades que regem os destinos do planeta.

2

SEGUNDA PARTE

Processo de redenção

23 – Preparativos para as novas vidas

Os enviados de Apolo estavam tendo o privilégio de observar e conhecer, com os dados fornecidos por Milene e Sofie, protetoras do lar dos Valverdes, e com informes oriundos dos arquivos espirituais, toda a sequência de vidas, oportunidades e procedimentos vivenciados por Joanes e Petrus.

Pelas palavras de Antonela, essa nova personagem de alta elevação espiritual, deduziram que providências mais profundas e sérias seriam adotadas, em relação aos impenitentes devedores.

Com a extraordinária capacidade de volitação de Antonela, que liderava uma verdadeira caravana espiritual, Milene, Sofie, Viviana, Palominas e Lorraine viram-se viajando em alta velocidade.

As regiões obscuras em que se encontravam as prisões de Joanes e Petrus foram ficando à distância. Com a capacidade bastante adestrada de Antonela, o grupo não encontrou empecilhos vibratórios e, por isso, agiu com grande economia de tempo, mútuo amparo magnético e justa cooperação sincera.

As viajantes saíram da zona de influenciação direta da crosta, ingressando em regiões menos densas, em direção à morada de Apolo. À medida que se distanciavam da Terra, sentiram, gradativamente, aumento de seus recursos próprios e crescente dilatação das possibilidades visuais.

A viagem foi agradável e rápida. Detiveram-se no lar de Apolo. Para surpresa das acompanhantes de Antonela, lá se encontrava Francesca. Não sabiam tudo o que os aguardava. Sabiam somente que seus protegidos seriam objeto de criteriosa análise com vistas à mudança de suas disposições. Provavelmente, deduziam, Joanes e Petrus teriam que passar por especial plano reencarnatório, monitorado pelos altos escalões da espiritualidade.

Todos perceberam que estavam em planos superiores aos da Terra. Adentraram enorme edifício, circundado por mística atmosfera. O estranho cortejo, liderado por Antonela, movimentou-se por um corredor ladeado por muitas luzes. Mais tarde as visitantes perceberam que os brilhos vinham de entidades diretamente ligadas a Apolo, dotadas de luz própria, dado o grau de elevação espiritual em que se encontravam.

Sentiram um perfume indefinível, de tonalidade fresca e tranquilizadora.

Excetuando Milene e Sofie e, naturalmente, a própria Antonela, as demais visitantes não se lembravam de terem tido, anteriormente, acesso tão elevado. Assim que se acomodaram, puseram-se instintivamente em oração de gratidão pela preciosa oportunidade recebida e pelo contato com os fluidos sublimes que as rodeavam.

Gradativa e mansamente, diáfana profusão de cores — com predominância para azul e branco — anunciou a sutil chegada de respeitável figura masculina, que foi se tornando perceptível progressivamente.

— Minha saudação, em nome do nosso Mestre Jesus. Agradeço muito o esforço que envidaram, vencendo grande distância, preocupadas, como eu, com o destino dos irmãos Joanes e Petrus — disse mestre Apolo.

As suaves palavras eram permeadas por agradáveis vibrações que inundaram o ambiente de doce magnetismo.

E o mensageiro continuou:

— É chegado o momento de iniciarmos a construção de um futuro melhor e de adequação às leis do universo, para que os nossos desavisados irmãos, que se digladiam há séculos, tenham melhor destino.

Nesse instante, ladeada por Milene e Sofie, Francesca adentrou discretamente o ambiente sublime. Suas faculdades psíquicas estavam ampliadas para que tivesse plena consciência dos compromissos que lhe iriam ser propostos.

Apolo apôs sua destra sobre Francesca e a envolveu com vertiginosos raios, que fizeram aflorar à sua memória os fatos mais importantes de suas várias encarnações, ligados diretamente às figuras de Joanes e Petrus. Eram reminiscências desde a primeira vida, em que eles iniciaram a perpetração dos crimes mais graves, até os momentos em que Francesca lhes servira de mãe e orientadora, em incursões expiatórias.

[31]— Minhas filhas — começou Apolo. Os fazedores de guerra que desrespeitaram a confiança do povo pela ganância do ouro e o apetite do sangue, calcados na autoridade que perverteram e, mesmo com o desfiar de vidas penosas, não aprenderam a lição, não despertaram para a conciliação e ainda persistem no ódio e na mentira, arrastam a culpa que impregnaram em seus pensamentos.

— Nossos irmãos Joanes e Petrus, que vêm recebendo o fiel acompanhamento, carinho e proteção de vocês, dedicadas e abnegadas irmãs, no transcorrer de tantas décadas, necessitam agora de uma terapia especialmente indicada para doentes alienados, que os desperte do pesadelo em que estão mergulhados.

— Pouco afeitos à oração e à reflexão, tendo assumido, em algumas vidas, a condição de religiosos por meras convenções sociais, sem jamais ter, efetivamente, vivenciado os ideais preconizados pelo Cristo, mantiveram suas mentes prisioneiras nas ilusões da Terra e em seus entrelaçados labirintos mentais e, com isso, precipitaram-se na alienação.

— Todos nós somos espíritos imortais e estamos, graças à generosidade de Deus, vivenciando múltiplas vidas, com vistas à superação de nossas limitações. Nossos irmãos Petrus e Joanes tardam em se integrar à harmonia do Universo e precisam agora de definitivo estímulo que os impulsione à verdadeira luta contra suas milenares imperfeições. Precisam fazer o que o Senhor espera de nós.

[32]— Venerável benfeitor — começou a se expressar Francesca. Compreendo a difícil posição em que se encontram Joanes e Petrus, que já considero como meus filhos espirituais, pela proximidade que a maternidade me proporcionou. Ofereço-me novamente, de boa vontade, para coadjuvar-lhes o serviço restaurador. Entendo, respeitável orientador, que essa possibilidade representa para mim valiosa bênção, pois, longe de considerá-los verdugos, para mim são somente crianças doentes que precisam ser reerguidas.

Apolo fitou-a, satisfeito, como se não esperasse outra manifestação daquela que o tempo e o sofrimento haviam transformado em nobre e honorável trabalhadora.

— Alerto-a, minha filha, de que embora você tenha se prestado por várias vidas à recuperação desses infelizes irmãozinhos, essa empreitada será muito difícil, talvez a mais espinhosa que haja enfrentado. Seus futuros filhos terão que renascer como crianças-problema, em dolorosas perturbações.

Um sorriso de ventura brilhou no semblante daquela sublime criatura e, talvez porque se recordasse, por um instante, de Maria, a mãe de Jesus, no momento em que recebeu a notícia da sua divina maternidade, assim se expressou:

— Para minha alma, nobre mentor, não é apenas o dever que me chama, mas sublime oportunidade para o meu próprio reerguimento. Eis a aqui a serva do Senhor. Faça-se em mim segundo a sua vontade.

Nesse momento, como se estivesse aguardando apenas esse glorioso assentimento, Apolo, em gesto quase imperceptível, autorizou a aproximação de técnico do setor de Planejamento de Reencarnações, que veio trazer algumas informações sobre os serviços especiais que estavam sendo projetados para as novas vidas de Petrus e Joanes.

Ao se apresentar para proferir suas primeiras palavras, todos ali perceberam que se tratava de instrutor de elevada condição hierárquica. Otaviano, velho lidador dos serviços de reencarnação, assim se expressou:

[33]— O mal sempre indica posição de desequilíbrio, que exige restauração e corrigenda. Não nos basta adquirir ideias e possibilidades. Temos que administrar os poderes que são concedidos na lida terrestre com a responsabilidade de quem recebe um empréstimo, que deverá ser restituído

com os juros do mérito e da aplicação nobre, em benefício dos irmãos sob nossa tutela. Se falimos em experiências da autoridade, da riqueza, da beleza e da inteligência, não seria lógico receber idêntica oportunidade nos trabalhos retificadores.

Assim falando, a seguir Otaviano apresentou a todos um pequeno gráfico, onde havia feito as primeiras projeções do projeto da futura reencarnação dos dois irmãos sob análise.

Mostrou vários pontos escuros, em uma espécie de molde que representava o organismo humano, indicando onde se situariam as deficiências das máquinas humanas de Petrus e Joanes.

— Não se impressionem, caros irmãos e irmãs, — falou Otaviano — com a gravidade de nossas projeções. Deus jamais desampara qualquer um de seus filhos. Assim, dependendo das reações dos nossos assistidos, e o efeito que as limitações projetadas reverberem em seus íntimos, no andamento de suas vidas, médicos da Terra poderão ser inspirados por nossos institutos para que redirecionem as providências ora relacionadas.

— Estranharão alguns a mobilização de tantos servidores da espiritualidade em favor dos nossos teimosos pacientes. Não se esqueçam, todavia, de que estamos diante de processo intercessório, com forte ajuda dos corações bem-amados das irmãs que aqui se encontram, temerosas quanto ao destino de seus protegidos.

Nesse instante, já cientes dos protótipos de organismos concebidos para seus tutelados, Lorraine, Palominas e Viviana se aproximaram e, ajoelhadas diante de Apolo, visivelmente preocupadas, rogaram:

— Mestre Apolo. Agora, mais do que nunca, nossos irmãos precisarão de nós. Permita, generoso mentor, que nos adiantemos ao processo reencarnatório de Petrus e Joanes, e nos coloquemos ao lado de Francesca, coadjuvando-a na proteção maternal que abraçará nossos tutelados.

Apolo, após reerguê-las, ainda tentou dissuadi-las do empenho a que se propunham, argumentando que seria difícil a tarefa. Porém, diante da firme posição adotada pelas três abnegadas, Apolo deu sua permissão, mesmo porque sentia que o fardo daquelas pesadas reencarnações seria dividido com elas, aliviando os cuidados que a prestimosa Francesca teria com os dois infelizes.

Reafirmou as palavras proferidas por Otaviano, principalmente aquelas em que reiterou o processo redentor que nunca é desacompanhado da misericórdia divina, desde que os personagens se disponham à precisa transformação.

— O próprio Pedro nos lembrou, há muitos séculos, que *o amor cobre uma multidão de pecados* — disse Apolo, encerrando a reunião.

24 – Como será?

Logo depois de terem acompanhado a reunião preparatória com Apolo, que definiu as novas encarnações de Joanes e Petrus, os dois observadores Jonakin e Filippo passaram a refletir sobre o assunto. Eles estavam emocionados e derramaram algumas lágrimas, diante da extraordinária demonstração de generosidade do plano espiritual superior, que mobilizou tantos trabalhadores em busca da recuperação dos dois atores daquele longo drama. Perceberam que as imagens dos monitores a que estavam tendo acesso, naquelas esclarecedoras aulas, aproximavam-se rapidamente da época e do local em que se encontravam.

Algumas dúvidas, todavia, ainda persistiam:

Sabiam, depois do dadivoso oferecimento de Francesca, que ela seria a mãe, mesmo sabendo das dificuldades que a aguardavam. E o futuro pai, quem seria?

Os dois pupilos de Apolo teriam que voltar às primeiras narrativas que os mágicos monitores da espiritualidade haviam lhes oferecido, retornando ao tempo em que se iniciaram as primeiras contendas.

Lembraram-se de um mancebo de nome Janis, que fora encarregado por seu pai, Joanes, de ameaçar de expulsão a família de Petrus, por não ter pago suas contribuições consuetudinárias, que seriam repassadas ao Rei Leonardo.

Recordaram-se do primeiro encontro de Janis com Francesca, que o salvou das águas turbulentas em que havia sido lançado pela tempestade, quando a caminho da casa de Aparício, pai de Petrus.

E foram evocando as lembranças do passado do jovem, de sua atração pela beleza de Francesca, dos planos que culminaram com as mortes de seu marido Petrus e do sogro Aparício e, finalmente, de sua união conjugal, no castelo de Joanes. E o casal, não obstante seus atos comprometedores, não foi atingido pelos vingadores desencarnados, por estar envolto por *inexplicável proteção das forças iluminadas*, conforme observaram os próprios perseguidores.

Na verdade, foram poupados pela tempestiva adesão às forças do bem, por sua vontade e atos, motivados, na época, pelas diligentes protetoras, as escravas Viviana, Lorraine e Palominas.

— Tudo faz sentido — observou Filippo. Os desvios do passado impulsionaram Janis a se prestar à recuperação dos dois assistidos. Além disso, a humildade de que se reveste o casal será de grande valia no esforço de renovação desses que fizeram tantos sofrerem.

Jonakin concordou imediatamente com o colega de jornada, ao mesmo tempo que, intimamente, ainda se indagava:

— Por que Palominas, Viviana e Lorraine haviam se abalançado em acompanhar Petrus e Joanes, na encarnação que seria proporcionada por Francesca e Janis? As provações por que iriam passar seriam tão graves assim? E aquele destino? Estava sendo deliberadamente programado por Apolo?

Refletindo sobre o assunto, comentou com Filippo:

— Condições adversas em uma nova encarnação não ocorrem por punição divina e sim por uma espécie de determinismo originado da própria lei de causa e efeito. Petrus e Joanes, de tanto alimentarem seus ódios recíprocos, buscaram-se e se reencontraram em situações dramáticas.

— Jonakin — sugeriu Filippo —, peçamos permissão para acompanhar como foi o processo reencarnatório. Provavelmente os pais, quando desligados dos laços carnais, em suas jornadas espirituais, foram convidados por Otaviano para se inteirar dos projetos dos novos corpos.

E a solicitação de Filippo não se fez esperar. Em seguida, puderam acompanhar no monitor o porquê de tanta preocupação com Francesca e Janis, quando puderam ver o *molde* elaborado pela equipe de Otaviano para os novos corpos de Joanes e Petrus.

[34]Assim que o modelo elaborado pela equipe de Otaviano ficou pronto, Francesca foi convidada a visitar a instituição de planejamento do serviço de reencarnação. Nessa visita, estava acompanhada daquele que, da mesma forma que Francesca, havia aceitado a difícil incumbência de ser o pai de Joanes e Petrus: Janis, velho companheiro de jornadas do passado.

— Os modelos de nossos futuros filhos estão prontos? — perguntou Francesca.

— Estarão prontos amanhã — respondeu Otaviano. Quero parabenizar a ambos — dirigindo-se a Janis e Francesca — pela coragem e abnegação demonstradas, quando aceitaram essas incumbências.

— Da minha parte não vejo qualquer abnegação — respondeu Janis. Talvez, sim, de Francesca, que já ofereceu a eles sua maternidade, em mais de uma ocasião. Para mim, no entanto, é uma abençoada oportunidade de resgate e de limpeza de meus erros pretéritos.

— Considero — expressou-se Francesca — mera obrigação e não sacrifício, levando em conta que não consegui que eles se conciliassem em vidas anteriores. Mães que não completaram a obra de amor que o Pai lhes confiou devem ser suficientemente fortes para recomeçar suas tarefas.

— E estas conexões perispirituais projetadas, que parecem ligar um ao outro, o que significam? — perguntou Janis.

— Significam — respondeu Otaviano — que nascerão juntos.

Para Jonakin e Filippo, grande foi a surpresa ao constatar que Joanes e Petrus iriam nascer literalmente grudados um ao outro. Os reencarnantes seriam gêmeos xifópagos, nasceriam conectados, para que, nesta vida, aprendessem a conviver e a superar ódios pretéritos.

25 – Compartilhando a mesma vida

[35]Depois do susto e do assombro, Jonakin e Filippo lembraram-se de velhas lições sobre o planejamento de reencarnações.

Da mesma forma que existem colônias espirituais mais elevadas, com serviços especiais para a reencarnação de trabalhadores e missionários, também há planejamentos específicos para espíritos que não têm o direito de influir sobre os fatores de seus renascimentos.

Existem entidades que há séculos se alternam nas posições de obsessor e obsidiado, revezando-se nos papéis de algoz e vítima, tanto no plano físico, quanto no plano espiritual, atraindo-se, mutuamente, tanto pelos sentimentos de ódio e de vingança, quanto pelas afinidades.

A solução natural da vida é que passem a compartilhar do mesmo sangue vital, do mesmo alimento e do ar que respiram. O coração de um passa a bombear energia para os pulmões do outro, o suco gástrico de um auxiliará a digestão do outro, assim como o perfeito funcionamento do pâncreas de um produzirá os hormônios necessários ao processo endócrino do outro.

O maravilhoso processo reencarnatório poderá ajudálos a anestesiar temporariamente suas renitentes consciências, com o objetivo de lhes servir de incentivo regenerador na reconstrução de suas trajetórias.

O sofrimento e as dificuldades por causa das limitações físicas, das dores morais do convívio compulsório e da exposição à curiosidade pública contribuirão para que as energias deletérias encharcadas em seus corpos espirituais sejam expurgadas vagarosamente no corpo físico.

A trajetória destes dois espíritos num mesmo corpo poderá criar, ao longo do caminho, laços de amizade e carinho, despertando sentimentos de amor e de compreensão, que serão o início da regeneração.

***

Voltemos ao nosso relato...

Ao voltar suas atenções para os monitores, nossos observadores assistiram a uma espécie de vídeo, em velocidade acelerada, mostrando a gradativa união física entre os dois fetos em formação.

Embora estivessem acompanhando fatos já ocorridos, Jonakin e Filippo precisavam constantemente se *lembrar* de que estavam diante do passado. Urgia que se mantivessem concentrados na missão que lhes fora confiada.

Joanes e Petrus agora já apareciam mais desenvolvidos. Eram dois seres em corpos unidos, como se fossem a mesma estrutura física, com rins, bexigas e órgãos genitais internos agrupados e imperfeitamente distribuídos nas duas cavidades abdominais.

Médicos da Terra, especialistas, atraídos pela inusitada gestação, com base em casos anteriores de gêmeos xifópagos, chegaram a se manifestar com otimismo, examinando as radiografias dos órgãos internos das crianças.

Quando examinavam, no entanto, pessoalmente, as crianças, passavam a considerar como remota a possibilidade de separação, porquanto nasceram unidos não apenas pelo abdômen, mas também pelo tórax.

No entanto, a favor de Joanes e Petrus, constatava-se que não dividiam órgãos internos, o que, de certa forma, mantinha a esperança de uma eventual cirurgia para separação dos gêmeos conjugados. Como estariam eles se comportando nessa nova situação?

Ainda muito pequenos, estranharam-se e até se agrediram, instintivamente. Afinal de contas, séculos de contendas antecediam aquela proximidade, no mínimo, desconfortável.

Na infância, mesmo com o sofrimento de eventual agressão de um irmão sobre o outro, beliscavam-se e mordiam o próprio corpo, para que o outro também sentisse dor.

Com o passar do tempo, envolvidos pela atmosfera de carinho do pai Janis, da mãe Francesca e das irmãs Lorraine, Viviana e Palominas, que voluntariamente os antecederam, Joanes e Petrus começaram a acalmar seus ânimos.

Os gêmeos, a princípio, passaram, não obstante literalmente grudados, a defender a sua independência. Para surpresa e alívio de nossos narradores, começaram a surgir algumas imagens agradáveis. Havia um princípio de tolerância, harmonia e até, acredite caro leitor, de fraternidade entre os dois irmãos.

Embora ainda fosse cedo para uma definitiva conclusão, a evolução desse comportamento foi recebida com muita alegria pelas protetoras Milene e Sofie. Intimamente, passaram até a cogitar de futura possibilidade de libertação dos gêmeos xifópagos.

O tímido, porém, gradual surgimento de sentimentos nunca antes vivenciados por aqueles seculares inimigos, começou a sensibilizar os altos responsáveis daquela inusitada experiência reencarnatória.

Na casa de Francesca e Janis, existia um clima de fraternidade, estimulado pelos elevados espíritos, encarnados, naquele momento, no corpo de três criancinhas. Nos sonhos, todos os componentes daquele lar — Petrus, Joanes, Francesca, Janis, Palominas, Viviana e Lorraine —, guiados pelas protetoras Milene e Sofie, eram constantemente apoiados e abastecidos de bom ânimo pelos comandados de Antonela, a nobre emissária de Apolo que presidia todos os acontecimentos.

Lembravam-se, diuturnamente, da frase final de Apolo:

— *O amor cobre uma multidão de pecados.*

Aquela frase representava a renovação da esperança de que os irmãos ainda poderiam ter vidas normais e independentes.

26 – Finalmente unidos

Allan Kardec indagou aos espíritos a respeito de corpos que nascem ligados, com alguns órgãos em comum, referindo-se ao comportamento dos que nascem juntos:

Pois que nos gêmeos os espíritos encarnam por simpatia, donde provém a aversão que às vezes se nota entre eles?

Não é de regra que sejam simpáticos os espíritos dos gêmeos. Acontece também que espíritos maus entendam de lutar juntos no palco da vida. [36]

No livro *Evolução em dois mundos*, André Luiz, referindo-se à simbiose espiritual, afirma:

... se dois liquens, estruturados por diferentes cogumelos, se encontram, podem viver, um ao lado do outro, com talo comum, pelo fenômeno da parabiose ou união natural de indivíduos vivos.[37]

Eurípedes Kühl interpreta a expressão *fenômeno da parabiose ou união natural de indivíduos vivos*, de André Luiz, como um caso de gêmeos xifópagos ou irmãos siameses.[38]

Gêmeos siameses

Os gêmeos siameses, assim chamados popularmente, são gêmeos idênticos que nascem ligados por um segmento físico, compartilhando alguns órgãos. A medicina oficial os denomina "gêmeos xifópagos", porque os primeiros casos estudados no passado foram de gêmeos ligados pelo tórax, onde se situa o xifoide, um apêndice do osso esterno, que faz as ligações entre as costelas. Atualmente, embora se estudem casos de ligações com compartilhamento dos mais variados órgãos, ainda permanece essa nomenclatura.

Separação dos xifópagos

Essa ligação pode ser pouco ou muito profunda, originando, consequentemente, o compartilhamento de parte de alguns órgãos ou até o de um único órgão vital, como o coração ou o cérebro, nos casos mais graves. Dependendo da gravidade do caso ou da região do planeta onde nasçam (com poucos ou muitos recursos médicos), essas crianças podem ter pouco tempo de vida ou pode-se tentar separá-las. Há casos em que a separação não é possível e, então, os gêmeos são obrigados a conviver ligados um ao outro, aprendendo a solidariedade, a tolerância e o respeito mútuos.[39]

Ponto de vista espírita

Tudo começa com um processo obsessivo longo e profun-

do, em que as duas partes envolvidas não conseguem se perdoar e retroalimentam-se mentalmente com o ódio e o desejo de vingança.

Com o passar do tempo, o intercâmbio doentio de energias patológicas faz com que desenvolvam uma espécie de campo simbiótico de compartilhamento de emoções, sentimentos e pensamentos, que não possibilita aos técnicos responsáveis por suas reencarnações separá-los satisfatoriamente sem o comprometimento de suas mentes e de seus perispíritos.

Oportunidade de conciliação

A reencarnação surge para esses espíritos, inimigos pertinazes do passado, como uma oportunidade abençoada de reajuste perispiritual e mental, de perdão, de tolerância e de solidariedade, através da convivência íntima e inevitável na maioria dos casos, mesmo com os avanços da atualidade.

Assim podemos dizer que existe uma enorme possibilidade destas crianças terem sido grandes inimigos em vidas anteriores, onde o ódio imperava nos seus sentimentos e o relacionamento entre elas acabava quase sempre com uma matando a outra, e que a justiça divina encontra, nesta situação de siamesas, a alternativa de colocá-las num só corpo a fim de que, necessitando uma da ajuda da outra para viver e desenvolver suas atividades normais da vida humana, pudessem iniciar entre si o sentimento de amor, única forma de destruir o ódio existente entre elas.

Na cooperação e ajuda de que cada uma depende da outra é acendida a chama do amor, parcela divina em nós, até que se acabe todo e qualquer sentimento de ódio, rancor ou desejo de vingança.[40]

***

Embora não tenhamos encontrado, na literatura espírita, fartos estudos a respeito do assunto de que tratamos, entendemos como suficiente, para uma rápida conceituação, o conteúdo de *O Livro dos Espíritos*, de Allan Kardec e *Evolução em dois mundos*, de André Luiz, e em publicações esparsas, cujas autorias foram devidamente citadas.

***

Julgamos oportuna a publicação, neste capítulo, caro leitor, de brilhante texto de autoria do orador e escritor espírita Carlos Eduardo Noronha Luz, que aborda, com rara felicidade, o assunto de que ora nos ocupamos.

***

Ódio muito intenso é quase sempre o amor intenso que um dia adoeceu...

Carlos Eduardo Noronha Luz

Há dois espíritos, ou, por outra, duas almas, nas crianças cujos corpos nascem ligados, tendo comuns alguns órgãos?

Sim, mas a semelhança entre elas é tal que faz vos pareçam, em muitos casos, uma só.

Pois que nos gêmeos os espíritos encarnam por simpatia, donde provém a aversão que às vezes se nota entre eles?

Não é de regra que sejam simpáticos os espíritos dos gêmeos. Acontece também que espíritos maus entendam de *lutar juntos no palco da vida.*[41]

A percepção quase sempre usual que classifica como más as criaturas que se posicionam contra nós e assim sendo, melhor então seria ficar longe delas, é uma maneira primitiva de percepção, na qual ameaças no entorno são entendidas a partir da instintiva reação de fuga ou luta, legado da animalidade irracional ao humano.

No entanto, o paradigma cristão preceitua a prevalência da cooperação sobre a competição, bem como recomenda que devemos amar nossos inimigos, como impositivos da lei natural ensinada pelo Cristo, que são diretivas exatas e imprescindíveis para a evolução dos seres a partir de suas experiências vivenciais em nível de humanidade.

Desta forma podemos então concluir que cabe a nós, quando a convivência nos apresentar o outro em posicionamento contrário ao nosso, fazer da busca do entendimento um exercício pacífico de tolerância, gestado na aceitação de ser natural a imperfeição mútua na convivência, a ser superada pelo esforço e boa vontade conjunta. Para isto são necessárias capacitações nos processamentos mentais que requisitam aceitação de nuances e não mais a escolha elementar entre o sim e o não da escolha binária frente ao conflito, lutar ou fugir.

Desta maneira, este início do extenso caminho para a perfeição angelical traz coercitivamente a convivência dos seres em espaço propício à interação permanente dos egos, esperando que desta forma os aprendizes do bem encontrem neste exercício a aprendizagem efetiva da conciliação que os fará mais e mais próximos desta destinação angelical.

Após estas considerações podemos concluir que o remédio pedagógico encontrado na natureza para a cura efetiva de casos de relacionamento mal resolvidos de vidas pretéritas é a "terapia reencarnatória", que ata com laços de consanguinida-

de inimigos forjados nos desajustes das intrigas, lutas e traições que quase sempre trazem componentes de interpretações particulares que geram enganos e sofrimentos.

Destes males, um dos mais traumáticos e insidiosos é a percepção da traição de um ser anteriormente amado em atmosfera de paixão intensa, o qual, por circunstâncias outras, frente a esta traição plantou em si a semente amarga do rancor que muitas vezes viceja em árvore multissecular. Esta árvore de tóxica seiva envenena as almas enleadas neste enredo sórdido, travando a evolução deles e até de outros seres nele envolvidos, os quais neste tempo contado em séculos destilam ódio, desencanto, ressentimento e dor. Faz parte deste quadro a percepção de que a causa dos males apresentados em cadeias de causa e efeito um sempre atribui ao outro.

Quebrar esta sequência entre os papéis de vítimas e de algozes que se alternam no palco vivencial, é, pois, a meta visada pela natureza, que atua sempre que a força poderosa do perdão não for suficiente para quebrar imantações de ódio entre almas feridas. Assim sendo, unir na consanguinidade é medicamento forte para produzir, quase sempre, a luz do entendimento pacífico entre dois seres. Em alguns casos, doses robustas de convivência fraterna se fazem necessárias e aí temos em muitos casos o renascimento das almas conflitantes em gestações de gêmeos.

No entanto, em casos gravíssimos e raros, uma dose heroica de convivência de uma jornada reencarnatória ligada em corpos xifópagos pode acontecer como força poderosa para que se quebre o vínculo de ódio um dia criado entre duas almas. Nesta provação o efeito esperado é o da reconciliação conduzida pela necessidade de repartir decisões em todos os momentos da existência, propiciando a estas duas almas, com este aprendizado, ter oportunidades futuras de existência corporal individualizada.

Quase tão eficaz como terapia de reconciliação descrita no parágrafo anterior, temos as reuniões mediúnicas nas Casas Espíritas, nas quais espíritos inimigos de muitas vidas encontram em atmosfera de fraternidade oportunidade de reatarem laços afetivos que um dia foram rompidos.

27 – Além do oceano, uma esperança

Gêmeos conjugados, principalmente os originários de famílias pobres ou de baixa renda, além das naturais e evidentes dificuldades físicas, muitas vezes eram considerados como verdadeiras excrescências, estigmatizadas psicológica e socialmente.

Não raramente, por terem precárias condições de sobrevivência, eram vítimas de pessoas inescrupulosas, que os exploravam em *show business* ou em atrações circenses, porquanto tornavam-se celebridades da noite para o dia.

Não obstante terem personalidades distintas, geralmente eram considerados como único indivíduo.

De acordo com a literatura médica, 60% dos gêmeos xifópagos, que também são chamados de gêmeos conjugados ou siameses, morrem antes ou logo após o nascimento, 35% morrem no primeiro dia de vida e 5% sobrevivem. Dos sobreviventes, 25% chegam à idade adulta. Além disso, 70% são do sexo feminino, mas não se sabe qual a razão para isso.

Mesmo assim, alguns que sobrevivem chegam a ter uma vida relativamente normal.

***

Afora a curiosidade mórbida da maioria das pessoas, sérios terapeutas se aproximaram da família de Joanes e Petrus com o intuito de aprender, considerando a raridade do fenômeno, e de lhes prestar algum tipo de assistência. Dentre eles, destacou-se o Doutor Zacarias Maldonado, um médico do nordeste brasileiro, que procurou a família Valverde com importantes notícias.

Ele foi falar de um famoso especialista, Doutor Benjamin Gates, que se encontrava no Brasil para um congresso no Estado da Paraíba, responsável por várias cirurgias de separação de siameses, nos Estados Unidos. Maldonado pediu permissão a Janis e Francesca para que o especialista americano examinasse os gêmeos.

— Aqui no Brasil, poucos de nós têm experiência nesse tipo de caso, pois são raros — disse o cirurgião, iniciando a conversa. Por ter tido contato com muitos casos originários de diversas partes do mundo, o médico americano desenvolveu largo estudo com pesquisas e estudos anatômicos e hoje é o profissional mais experiente nessa área.

Imediatamente o casal se entusiasmou com a ideia, embora muitos outros profissionais tivessem manifestado o seu pessimismo quanto ao sucesso de uma eventual cirurgia de separação dos gêmeos. Os pais, no entanto, lembraram o médico de que suas limitadas posses financeiras inviabilizariam qualquer procedimento.

Doutor Maldonado tranquilizou os pais, informando que, além de competente, o médico estrangeiro era extremamente humano e faria os procedimentos possíveis sem pensar em remuneração. Teria, naturalmente, que ter à disposição equipe e apoio adequados, o que ele, Maldonado, se encarregaria de providenciar.

—Temos médicos e hospitais à disposição, pela grande oportunidade de aprendizado decorrente desse raro procedimento, sem falar da notoriedade que cirurgia dessa monta traria ao nosso país, com o natural afluxo de doadores interessados no bem-estar das crianças.

A seguir, Maldonado mostrou gravação de entrevista concedida a uma emissora de TV do Estado da Paraíba, em que o médico americano — Doutor Benjamin Gates —, além de falar de seu trabalho, citava o caso brasileiro.

[42]Repórter: — Uma cirurgia se tornou famosa no mundo todo. Nos Estados Unidos um médico separou com sucesso gêmeos siameses que nasceram colados pela cabeça. O Doutor Benjamin Gates estava à frente dessa cirurgia. Ele está aqui no Brasil para um congresso de neurocirurgia. Outra cirurgia que realizou com sucesso foi a de uma menina que apresentava convulsões, por ter parte do cérebro lesionada. Depois de remover essa região afetada, as convulsões foram controladas. Para a cirurgia de separação dos xifópagos foram necessários cinco meses de preparação e vinte e duas horas de cirurgia.

Doutor Benjamin: — *Não era somente eu. Eram muitas pessoas com perícia envolvidas na separação dos gêmeos siameses. Nem por um segundo cheguei a pensar que eu poderia fazer isso sem todas aquelas pessoas. E foi realmente maravilhoso realizarmos esse fato, porque queríamos algo que tivesse impacto na vida das pessoas, que inspirasse os jovens de todo o mundo.*

Falando sobre o seu lado religioso, pois habituara-se a orar sempre antes de seus procedimentos, assim se manifestou o Doutor Benjamin:

— *Não sou uma pessoa muito religiosa, mas tenho grande fé em Deus e uma profunda relação com ele.*

Repórter: — Há um caso de gêmeos siameses no Brasil. O senhor se disporia a examiná-lo?

Doutor Benjamin: — *Fui procurado por uma equipe médica deste país, que me relatou ligeiramente algumas características dos gêmeos. Sim, eu me disporia a examinar os bebês. Para que isso ocorra, porém, preciso da autorização de seus responsáveis. Desde que tomei conhecimento do fato, pedi que não criassem grandes expectativas nos pais das crianças. Como sabemos, um percentual muito baixo de crianças, nessas circunstâncias, sobrevive ou chega à fase adulta. E nem todos são susceptíveis de passar por cirurgias de separação.*

***

Após ouvir a gravação, Janis e Francesca ficaram emocionados e cheios de esperança. Pediram ao Doutor Maldonado um tempo para pensar. Iriam fazer suas orações, analisar bem a situação e depois dariam uma resposta ao médico, que se incumbiria de se comunicar com o Doutor Benjamin.

O médico Zacarias Maldonado entendia muito bem a situação dos pais. Cientes dos riscos que correriam seus filhos, precisariam sopesar bem os prós e os contras, para tomar a decisão mais acertada possível. Pediu apenas que não demorassem para tomar a decisão, pois o médico americano não iria permanecer muito tempo no Brasil.

Naquela noite, reuniram-se os habitantes da casa de Janis e Francesca, em oração contrita, para pedir a inspiração do Alto.

E ela não se fez esperar...

28 – Decisão difícil

Eis que um imenso clarão ofuscou a visão espiritual dos que, em sonho, desligavam-se de seus corpos carnais, ainda embevecidos pelas orações que haviam acabado de proferir na humilde residência da família Valverde.

Sorridente, generoso, transbordando felicidade, o elevado Espírito de Antonela se fez visível para Francesca e Janis, que, acompanhados de suas inseparáveis Lorraine, Viviana e Palominas, conduziram seus pequenos Joanes e Petrus, durante o sono, para uma importante conversa.

— Trago-lhes boas notícias de Apolo — disse Antonela, iniciando a conversa, ladeada por Sofie e Milene.

— Sensibilizado pelo bom entendimento que gradativamente se instalou entre vocês — continuou dirigindo-se a Petrus e Joanes —, Apolo reivindicou a aceleração do processo de normalização de suas vidas.

— Entendam bem — advertiu Antonela. Não criem grandes expectativas. O passado trevoso de vocês ainda exige muitas reparações. No entanto, talvez seja possível que algumas amenidades possam ser concedidas, para que a jornada terrestre lhes seja menos penosa.

— Um grande missionário da espiritualidade está sendo autorizado — e para isso contará com a indispensável assistência de nossos engenheiros siderais — e terá condições de proporcionar novo rumo às suas encarnações.

— A natureza, porém, não dá saltos. E as condições de ambos não permitirão, ainda, uma vida isenta de percalços. No entanto, se persistirem em seus propósitos de conciliação, toda a família de vocês será agraciada pela misericórdia divina.

Encerrou-se assim o breve encontro, que viria a ser esquecido ao contato com os cinco sentidos físicos, em estado de vigília, mas que seria armazenado na consciência dos membros da família Valverde, ali presentes, felizes com as revelações que receberam.

Antonela despediu-se, ainda sorrindo, parafraseando as sábias palavras proferidas por Apolo, ao relembrar a célebre frase evangélica de Pedro:

— Continuem ensaiando amor, para que se cubra uma multidão de pecados.

Felizes, os componentes da família Valverde acordaram bafejados por inexplicável e doce lembrança.

Os pais dos gêmeos já estavam em condições de tomar a difícil decisão e assim, vibrando no diapasão divino das palavras de Antonela, intimamente gravadas em seus íntimos, chamaram o Doutor Zacarias Maldonado. Ele foi autorizado a tomar os procedimentos necessários para que o médico americano Benjamin Gates examinasse Joanes e Petrus.

29 – Memorável encontro

Naquela manhã, o lar dos Valverdes estava iluminado, não apenas pela ilustre presença da celebridade médica americana — Doutor Benjamin Gates —, como, principalmente, pela abençoada visita da comitiva espiritual conduzida por Antonela.

A aproximação do médico nada tinha de casual. Sintonizado pelos mentores maiores da espiritualidade, ele foi inspirado e preparado para aquele encontro, exatamente por oferecer condições adequadas para a árdua tarefa a ser executada.

***

Entendemos oportuno relembrar algumas considerações a respeito dos médicos:

— *Todos os médicos* — afirma André Luiz[43] —, *ainda mesmo quando materialistas de mente impermeável à fé religiosa, contam com amigos espirituais que os auxiliam. A saúde humana é dos mais preciosos dons divinos.*

— *Nossa colaboração* — continua André Luiz — *não pode ultrapassar o campo receptivo daquele que se interessa pela cura alheia ou pelo próprio reajustamento. Entretanto, realizamos sempre em favor da saúde geral quanto nos é possível.*

E, numa expressão profundamente significativa, acentuou:

— *Ah! Se os médicos orassem!*

O Doutor Benjamin sempre orou e continuava orando. De infância difícil, continuou sensível ao sofrimento alheio, e sempre que ia iniciar algum procedimento apelava para o Poder Maior da Vida.

***

Conduzido e assessorado pelo Doutor Zacarias Maldonado, Gates examinou os gêmeos meticulosamente, principalmente as ligações entre eles, que iriam exigir, se tudo corresse bem, expansores de pele adequados à sua idade e tamanho, que viabilizariam eventual cirurgia de separação.

Ali mesmo, na sala da humilde casa de Janis e Francesca, os médicos conversaram e traçaram um plano de trabalho. O primeiro passo seria a realização de exames específicos de raios- X, ultrassonografia e uma bateria de pesquisas, visando diagnosticar o estado de saúde dos gêmeos, o grau de resistência e recuperação e, principalmente, quais órgãos eram comuns ou autônomos.

Três alternativas se lhes ofereciam para a cirurgia, se as condições fossem adequadas e aprovadas:

— Cirurgia nos Estados Unidos, somente pela equipe de Gates;

Alternativa descartada imediatamente, pela distância e pela dificuldade de locomoção das crianças.

— Vinda da equipe americana completa para o Brasil;

Inviável. Seria necessária a assistência de muitos profissionais.

— Vinda de Gates, mais quatro profissionais de sua

confiança, que seriam auxiliados pela equipe brasileira liderada pelo Doutor Maldonado.

Foi a alternativa acolhida pelo grupo.

Enquanto os médicos conversavam, os espíritos trabalhavam e os familiares oravam para que escolhessem o melhor caminho. Felizmente, foi exatamente o que aconteceu.

Ao final do encontro, Gates se aproximou dos pais e assim falou, com a ajuda de Maldonado como intérprete:

— Vocês estão diante de médicos que farão o melhor possível, em favor de seus filhos. Dos Estados Unidos e daqui do Brasil surgirão os recursos para realizarmos o que estiver ao nosso alcance. Nada garantimos, somente nossa boa vontade e esforço profissional. Orem, orem muito, pois tudo dependerá da vontade de Deus.

Emocionados, todos os presentes entenderam por que o cirurgião americano tinha aquela excelente reputação profissional. Não era apenas por sua perícia e conhecimento e sim, também, por se tratar, acima de tudo, de um homem do bem, que reconhecia a grandiosidade de Deus.

***

Os passos seguintes foram rápidos. Enquanto Maldonado apressava os exames solicitados, Gates, ao chegar de volta aos Estados Unidos, mandou imediatamente todos os relatórios do seu caso mais difícil, bem como as fotografias e vídeos obtidos durante a difícil cirurgia.

Gates aceitou operar no Brasil, com apenas alguns membros de sua equipe, por já saber da competência e dos trabalhos realizados anteriormente por Maldonado. Sabia que estava lidando com profissionais do mais alto nível, com competências análogas aos colegas com quem sempre trabalhara nos hospitais americanos.

Embora houvessem perspectivas positivas de Gates e de Maldonado — que passaram a se corresponder eletronicamente, quase que diariamente —, persistiam algumas dúvidas sobre o caso. Somente com a cirurgia em andamento — em *campo aberto*, conforme a terminologia médica —, poder-se-ia afirmar definitivamente a real posição e independência dos órgãos internos, como fígado, bexiga e intestinos.

Outro aspecto importante seria o da pele das ligações entre os dois irmãos. Pela pouca idade das crianças, teriam que aguardar alguns meses para a instalação dos extensores, para que os organismos chegassem ao nível ideal da cirurgia.

Um dado importante e animador considerado pelos dois médicos e suas equipes foi, sem dúvida, o do desenvolvimento tecnológico. Os exames de imagens, por exemplo, se mostraram bastante nítidos, permitindo uma programação muito segura da viabilidade e de como seria procedida a cirurgia.

Foram dez intensos meses de exames e preparativos, até que pudessem instalar os extensores de pele, para viabilizar a separação.

Quando os médicos americanos chegaram ao Brasil, compartilharam dos dados obtidos pelos colegas brasileiros. As informações preliminares pareciam confirmar que, ainda que unidos pelo abdômen e pelo tórax, os gêmeos aparentemente não dividiam órgãos internos, cada um tendo a sua anatomia independente, o que reforçava a probabilidade de êxito da intervenção. A previsão inicial era de dez horas de cirurgia, que poderia ser ampliada, dependendo da complexidade da situação.

30 – Médicos da Terra e do Espaço

Para Jonakin e Filippo, a missão confiada pelo mestre Apolo para a recuperação de Petrus e Joanes não foi apenas um trabalho, e sim, acima de tudo, uma das maiores oportunidades de aprendizado em suas jornadas evolutivas.

As descrições pormenorizadas, as providências da espiritualidade, a movimentação das equipes superiores, o carinho dos protetores e a reação dos assistidos, tudo isso fortaleceu nos dois observadores a convicção de que os mentores maiores tudo proveem e de que, mesmo nas condições mais comprometedoras e precárias do espírito humano, Deus jamais nos abandona.

As imagens e sons a que tinham acesso pelos monitores da espiritualidade chegaram ao ápice de importância, quando puderam acompanhar a movimentação dos espíritos superiores preparando-se para cooperar com os médicos da Terra, estabelecendo conexão entre o plano material e o plano espiritual, na cirurgia de separação dos xifópagos.

Essa estreita ligação somente foi possível graças a uma providencial iniciativa de Gates, que já era um hábito antes de seus procedimentos cirúrgicos. Sob o olhar surpreso dos médicos brasileiros, pediu que todos os participantes da grande equipe formassem um grande círculo e, de mãos dadas, fizessem uma oração mental, de acordo com seus credos religiosos.

— Estendamos nossos pensamentos, estreitando nossa ligação com Deus, para que ele nos inspire a fazermos o nosso melhor — foi sua recomendação, observada em pensamento por todos os envolvidos na grande tarefa que iriam realizar.

Quem? Quem estaria mais habilitado a conhecer as posições, as autonomias, as independências e as conexões dos órgãos das duas crianças siamesas? Ninguém melhor do que Otaviano, o técnico do Setor de Planejamento de Reencarnações que, ao lado de sua equipe de engenheiros siderais, projetaram e construíram as matrizes perispirituais dos corpos de Joanes e Petrus.

Por solicitação do mestre Apolo, eles se colocaram ao lado dos médicos do plano material para inspirá-los, intuí-los e direcionar as ações que poderiam ser realizadas, visando os melhores índices de êxito.

Ao primeiro contato, os espíritos constataram, com bom ânimo e alívio, o preparo e as boas intenções de todos os componentes, tanto da equipe vinda dos Estados Unidos, como do Brasil. Além disso, logo notaram certo relaxamento dos perniciosos laços que mantinham unidos os seculares inimigos.

— O amor une. O ódio aprisiona.

Graças à disposição dos médicos de abrir suas comportas espirituais à boa influência do Alto, atitude configurada nas orações ali proferidas, a equipe de Otaviano detectou boas condições de atuação naquele importante evento.

Evidentemente, caro leitor, em nenhum momento André Luiz, com suas preciosas descrições da vida no mundo espiritual, insinua que os espíritos cuidam de tudo. O estudo, a pesquisa, o treinamento, os exames, as providências preparatórias, aliados à perícia de cada um dos doutores ali presentes, eram fundamentais para o bom andamento dos acontecimentos.

Quando se inspiram no Poder Maior, os facultativos colocam-se em condições de ouvir as sugestões e intuições dos médicos espirituais. As decisões e operações da complexa cirurgia, todavia, cabem, em última análise, aos médicos encarnados, que mantêm suas responsabilidades nas atitudes que assumem.

No livro *Libertação*, André Luiz, quando concita médicos a se aproximarem da fé religiosa, lembra que assim poderão contar com os seus amigos espirituais, assim como qualquer outro agente da Terra, no cumprimento de suas funções.

31 – Cirurgia libertadora

Mesmo contando com as equipes do melhor neurocirurgião do mundo e do melhor cirurgião do Brasil, o tempo da operação arrastou-se muito além do inicialmente previsto para a separação dos gêmeos conjugados.

Os auxiliares dos dois médicos revezaram-se, para aliviar o peso das horas e da tensão, pela complexidade das manobras, cortes, suturas, acomodamento de órgãos, tudo feito com o maior cuidado, para que fosse preservada a vida dos dois seres e, ainda mais, para que pudessem passar a ter vidas independentes, no maior grau de normalidade possível.

Quando o procedimento havia passado de dez horas de duração, alguns auxiliares chegaram a propor aos chefes das duas equipes a possibilidade de salvar apenas um dos meninos, hipótese que foi repelida com veemência, tanto pelo Doutor Gates, quanto pelo Doutor Maldonado.

Após doze horas de cirurgia, tiveram a feliz confirmação das informações preliminares, reforçadas pelas nítidas imagens que a moderna tecnologia lhes havia proporcionado. Embora unidos pelo abdômen e pelo tórax, constataram que ambos possuíam seus órgãos próprios e independentes, embora estivessem imperfeitamente localizados.

Com quatorze horas de cirurgia os médicos conseguiram redistribuir os rins, as bexigas e os órgãos genitais internos, antes agrupados, nas devidas cavidades abdominais das duas crianças.

Graças às equipes americanas e brasileiras de médicos da Terra, compostas de trinta e dois profissionais, febrilmente assistida pela equipe de médicos da espiritualidade, na madrugada do dia seguinte ao início da operação, depois de dezesseis horas de intenso trabalho, Joanes e Petrus foram desligados um do outro, sem que nenhum deles entrasse em óbito e sem sequelas. Os siameses foram separados com dez meses de vida.

Pais, amigos, repórteres e um exército de médicos e residentes permaneceram na unidade de saúde ao longo de toda a operação. Quando souberam do sucesso do procedimento, à saída, foram cumprimentando e aplaudindo cada um dos membros da grande equipe, pelos milagres do êxito, da competência e da persistência.

Os dois médicos responsáveis — Benjamin Gates e Zacarias Maldonado —, embora exaustos, depois de encaminhar os gêmeos para a unidade de terapia intensiva, ainda se dispuseram a responder às perguntas dos repórteres e dos interessados em aprender com o extraordinário feito.

Ambos, felizes e emocionados, fizeram o mesmo discurso:

— Tivemos pessoas competentes envolvidas na separação dos gêmeos. Nada poderíamos ter feito sem elas e, acima de tudo, se não tivéssemos tido a ajuda de Deus.

Embora estranhando que pessoas tão notórias e competentes pudessem assumir atitudes tão humildes e de grande fé na Divindade, se todos ali presentes pudessem vislumbrar o que se passava, naquele momento, na espiritualidade, teriam que dar ampla razão aos nobres médicos.

***

Jonakin e Filippo, emocionados diante dos vídeos que acabavam de presenciar, acompanharam a alegria de Otaviano e sua equipe, ao enviarem as mais sinceras orações de agradecimento ao mestre Apolo, pela nova oportunidade de vida proporcionada a Joanes e Petrus.

Restava saber se aqueles arqui-inimigos haviam entendido o porquê de terem chegado àquela triste situação e se iriam passar a viver como verdadeiros irmãos.

32 – Criaram juízo?

Seis meses mais tarde, para alegria dos familiares e dos espíritos protetores, as crianças andavam, corriam, brincavam e se comportavam como irmãos que se gostam. Alguém poderia estranhar que antiquíssimos inimigos pudessem se reconciliar naquele reduzido tempo transcorrido. A dor, no entanto, amigo leitor, amolece corações e inspira procedimentos que deveriam ser intrínsecos à ética de nossas personalidades.

***

No artigo *Pavlov, Gatos e Evolução*, em que comento o magnífico trabalho de Richard Simonetti denominado *"Cérebro — Agente ou Gerente do Espírito?"*, faço referência ao reflexo condicionado como parte do processo evolutivo da alma.

Lembro que a ausência de lembranças de vidas anteriores não impede nosso aprimoramento na vida atual.

— *Com o sofrimento,* — afirma Simonetti — *o espírito vai aprender, por reflexo condicionado... Vai reexaminar seus procedimentos.*

A expressão *gato escaldado tem medo de água fria* mostra bem como nosso comportamento muda quando passamos por uma situação traumatizante.

Quando voltamos à espiritualidade, conservamos a lembrança e a percepção da vida corpórea. Sofremos novamente os males padecidos em vida e os infligidos aos outros.

Daí, naturalmente, nos preparativos para uma nova encarnação, *colocamos nossas barbas de molho,* para que essas experiências infelizes não se repitam ou, pelo menos, sejam minimizadas.

A nosso pedido, ou por imposição dos processos reencarnatórios, são criados dispositivos preventivos, para não repetirmos os erros anteriores. Assim, surgem deficiências físicas, neuroses, medos e aversões, que nos alertam quando relaxamos ou nos *esquecemos* dos compromissos assumidos.

É o reflexo condicionado de Pavlov funcionando a nosso favor, numa autêntica vivência do ditado *cachorro mordido por cobra tem medo de linguiça.*

Mesmo com o abençoado esquecimento que alivia o passado de culpas, procuramos, mesmo sem entender o motivo, evitar ou minimizar determinadas atitudes ou ações. O despertar evolutivo do espírito, ainda que tarde por sua inércia, jamais falha.

***

Podemos entender, sem muitas surpresas, como, finalmente, os ferrenhos adversários se predispuseram a uma vida de paz. Infelizmente, porém, caro leitor, ainda não chegamos a uma paz duradoura. Para sua decepção, e talvez dos nossos observadores Jonakin e Filippo, as contas do passado não estavam totalmente quitadas e novas situações estavam previstas para nossos seculares personagens.

— Meu Deus — exclamou Filippo. Será que ainda teremos mais lutas pela frente?

— Sinto, Filippo, que estamos muito próximos dos tempos atuais. Necessitamos, todavia, saber exatamente como chegaremos às situações de hoje — concluiu Jonakin.

Confesso, amigo leitor, que não tenho a exata resposta. Acompanhemos a epopeia dos irmãos gêmeos, agora com vidas independentes.

33 – Reflexos do passado

— Qual a relação existente entre doenças e a Justiça?

Emmanuel: — No curso das enfermidades, é imperioso venhamos a examinar a Justiça, funcionando com todo o seu poder regenerativo, para sanar os males que acalentamos.

— O que faz o espírito, antes de reencarnar-se visando à própria melhoria?

Emmanuel: — Antes da reencarnação, nós mesmos, em plenitude de responsabilidade, analisamos os pontos vulneráveis da própria alma, advogando em nosso próprio favor a concessão dos impedimentos físicos que, em tempo certo, nos imunizem, ante a possibilidade de reincidência nos erros em que estamos incursos. [44]

Teremos que voltar ao passado, quando uma dessas crianças cometeu uma série de crimes e crueldades contra um grande número de pessoas.

Implantadas no seu organismo perispiritual, no momento em que Otaviano planejava seu futuro corpo, chagas do pretérito começaram a se manifestar como crônicas doenças na vida de Joanes, herança de atos cometidos na antiga Valáquia, uma província que ocupava quase todo o sul da Romênia, quando retomou as terras usurpadas pelos otomanos de seu pai, Leonardo.

Durante os seis anos que permaneceu nas terras reconquistadas, Joanes assumiu atitudes extremamente cruéis, para intimidar os eventuais conquistadores que porventura se aproximassem de seu povo.

Ficou famoso, na história, como o matador cruel que empalava seus inimigos ou mesmo conterrâneos que ameaçavam sua corte. Uma estaca de madeira de ponta afiada era introduzida em alguma parte da vítima que, pela força da gravidade, deslizava, matando-a lentamente. Essa prática lhe valeu o apelido de *Tepes*, literalmente, em romeno, o empalador.

As marcas desses tempos antigos ficaram impregnadas no corpo perispiritual de Joanes. E agora elas se manifestaram em forma de crônicas chagas.

***

No projeto da futura encarnação de Joanes podia-se observar certos pontos escuros na região intestinal, desde o cólon descendente, que iriam lhe provocar, na maioridade física, crônica inflamação intestinal, com provável evolução para uma colite isquêmica, com crises diarreicas, com ou sem sangramento.

As vítimas de sua crueldade imantaram-se fortemente a ele, para se vingar, com ataques sistemáticos por intermédio do pensamento mortífero. Joanes chegou à espiritualidade levando um organismo perispiritual em dolorosas condições, além do remorso natural que as situações lhe impuseram.

Chegava agora a conta. Suas atitudes de aproximação com o irmão Petrus renderam-lhe a possibilidade de uma encarnação não tão breve como seria de se esperar, diante do número de credores que bradavam por vingança.

Mesmo assim, sofreria desgostos semelhantes ao que provocou em suas vítimas, carregando as próprias feridas, conquistando dia a dia novas lições que as dores nos proporcionam.

De certa forma, considerando-se que nasceram unidos, com baixas perspectivas de sobrevivência, tiveram a graça de uma vida relativamente longa, mas há outros fatores que se particularizaram para Joanes.

As eclosões das úlceras refletiam as crueldades outrora cometidas e lhe valeram o retorno à espiritualidade muito antes do irmão. Restava saber como Joanes interpretaria os seus sofrimentos, diante de sua situação, naquela existência, bem diferente da de Petrus.

Teria ele entendido, finalmente, como funciona a justiça divina? Os erros cometidos foram corrigidos pela encarnação difícil? Ou será que Joanes se considerou injustiçado e mais uma vez responsabilizou o irmão Petrus por seus sofrimentos? Aquietaram-se de vez os seculares inimigos ou teríamos outros desdobramentos? [45]

34 – Acordando na espiritualidade

[46]Os vídeos assistidos por nossos dois observadores foram estarrecedores. Surgiram imagens de um pavilhão em que dormiam centenas de irmãos desencarnados. A iluminação era tão escassa, que aos olhos de Jonakin e Filippo, só mostrava uma penumbra assustadora. Parecia mais um cemitério escuro, onde os atendentes que surgiam na tela guardavam um respeito geralmente dedicado aos mortos.

A um sinal do dirigente, que liderava um grande número de cooperadores, as luzes se acenderam e apareceram extensas filas de leitos ocupados por pessoas mergulhadas em profundo sono. A maioria tinhas as pálpebras desmesuradamente abertas, demonstrando intranquilidade e medo diante da morte.

Eram criaturas que, quando encarnadas, jamais se preocuparam com o bem e a verdade e nunca cogitaram da continuidade da vida, considerando a morte como sendo o nada, o fim de tudo, o sono eterno.

— *A fé sincera é ginástica do espírito. Quem não a exercitar de algum modo, na Terra, preferindo deliberadamente a negação injustificável, encontrar-se-á, mais tarde, sem movimento. Semelhantes criaturas necessitam de sono, de profundo repouso, até que despertem para o exame das responsabilidades que a vida traduz.*

Assim esclareceu um dos mentores daquele setor, cuja fala chegou claramente aos ouvidos de nossos assistentes.

— *Quem dorme em desequilíbrio, entrega-se a pesade-*

los. Todos estes irmãos desventurados que nos cercam, aparentemente mortos, são presas de horríveis visões íntimas — continuou o mentor.

A seguir, a imagem se concentrou em determinado paciente, cujo exame detido interessava mais de perto aos nossos observadores. E, como se estivesse falando diretamente a Jonakin e Filippo, assim se expressou o mentor:

— *Auscultem profundamente a alma desta criatura, cujo estudo interessa de perto à missão em curso.*

No corpo de homem designado, muito conhecido de nossa narrativa, nossos espectadores reconheceram Joanes, embora com a face quase irreconhecível por sua palidez cadavérica. Com a aproximação da imagem, puderam perceber a condensação de uma sombra diante de sua fronte, como se fosse uma pequena tela, de onde surgiam os seus pesadelos.

Assim que as informações começaram a brotar daquela inusitada projeção, nossos pesquisadores concluíram, intimamente, que, em toda a parte, a dívida anda com os seus devedores.

Os maus sonhos de Joanes levaram-no de volta à época feudal, quando ele ordenou a destruição da pequena propriedade de Petrus e de sua humilde família. Lembrou-se da entrada triunfal em seu castelo, festejando a vitória e o rapto de Francesca.

Agora ele revivia o momento em que, sob a influência de suas vítimas, pressionado por horrendas figuras, envolveu o pescoço com uma corda e se atirou da torre do sino. Em seguida, teve o desprazer de reviver sua chegada às zonas escuras da espiritualidade, recepcionado por seus algozes.

Seus pesadelos estavam agora na Moldávia, quando ele dera provas de suas piores tendências cruéis, ao matar suas vítimas de forma lenta e dolorosa, o que lhe valeu o apelido de empalador.

Suas incursões pela Itália também brotaram em sua memória, principalmente o momento em que matou o seu próprio irmão Petrus e repudiou aquela que seria sua futura esposa, Paola.

Recordou-se da existência em que nasceu paralítico, quando desperdiçou a oportunidade que Francesca, Leonardo, Janis e Aparício lhe deram de renovação da vida e ele, ainda assim, persistiu com seus pensamentos e sentimentos destoando e contrastando da abençoada família que o havia acolhido.

Suas pálpebras se movimentaram febrilmente quando o sonho mau focalizou o exato momento em que identificou seu inimigo Petrus, embriagado, e o atropelou, impiedosamente, passando sobre ele várias vezes com o seu veículo.

Finalmente, lembrou-se de sua última existência, em que nascera ligado ao seu inimigo e recebera nova oportunidade de vida. No entanto, em seguida, recordou-se das dores intestinais vividas nessa mesma vida, que lhe provocaram a morte, a seu ver, precoce.

Infelizmente, como constataram nossos observadores

Filippo e Jonakin, o saldo mental dessa preciosa existência, com o condão de derrubar definitivamente sua aversão a Petrus, irmão de quem chegou a se aproximar e nutrir alguma afeição, não se mostrava favorável.

Naquele momento, a visão foi interrompida pelo círculo de preces que se iniciou a benefício das *múmias mortas* depois da morte. As luzes dos mentores maiores inundaram o vasto recinto, espargindo flocos radiosos que se multiplicaram na atmosfera e caíram sobre os corpos inanimados e enrijecidos, penetrando em suas células mais íntimas.

Eram bolhas luminosas que caíam incessantemente, como se fossem pontualmente conduzidas por vontades inteligentes. Eis que algumas delas se dirigiram, como se fossem abençoados dardos de luz, para a fronte de Joanes, que começou, surpreendentemente, a dar sinal de vida.

Deixou escapar alguns gemidos, dando conta dos pesadelos que havia recordado e, como verdadeiro sonâmbulo, começou a despertar. Moveu os pés e as mãos, buscando fugir do sono doloroso.

Joanes levantou-se e, com olhar esgazeado, olhou de longe, assustado, os generosos mentores e magnetizadores que o haviam retirado do longo torpor. De repente, como louco que acordasse de súbito, começou a esbravejar:

— Foi ele o responsável! Novamente por causa dele estou nesta desgraça! Petrus foi o meu perseguidor! E esse culpado haverá de me pagar...

Desvairado, disparou a correr, espavorido, como se fosse um cadáver ambulante. Ninguém o seguiu, pois qualquer contato das entidades benfeitoras, naquele momento, seria por ele violentamente repelido.

Jonakin e Filippo, tristes e silenciosos, acompanharam a desventurada cena. Sabiam que os relatos haviam terminado e agora deveriam entrar em cena. Depois de muito aprender e se preparar, aquele era o momento de iniciar seus trabalhos em favor da família Valverde.

3

TERCEIRA PARTE

De volta ao presente

35 – Retrospecto

Os relatos a que Jonakin e Filippo tiveram acesso lhes proporcionaram valiosas informações sobre a família Valverde. Os emissários de Apolo consideraram-se habilitados à missão que lhes fora confiada e agora faziam um retrospecto de todo o histórico dos espíritos envolvidos.

A primeira imagem que se destacava era, sem dúvida, a das três criancinhas, que se deslocaram enorme distância para pedir socorro para a missão em que haviam se alistado, voluntariamente. Viviana, Lorraine e Palominas, diante das novas arremetidas de Joanes, contra Petrus, julgaram que seu centenário trabalho de harmonização dos irmãos corria sério risco de fracasso.

Milene e Sofie, as protetoras daquele lar, compartilhavam as preocupações das velhas escravas, atualmente encarnadas como três crianças, temendo o prolongamento, por tempo indefinido, da batalha travada pelos dois irmãos.

Era quase inexplicável a persistência da lamentável atitude de desforra de Joanes, quando tudo parecia caminhar para a reconciliação dos inveterados inimigos. O que teria provocado o recrudescimento da sua aversão, depois de ter dado claros sinais de aproximação de Petrus, durante a encarnação em que nasceram como irmãos gêmeos monozigóticos?

O espetáculo de dor e miséria entre ambos renascera, com total subjugação de Petrus à influência do inimigo desencarnado. Estavam aprisionados na mesma rede fluídica, intrincados entre si. Voltaram à condição de enfermos, sem perspectivas de cura a breve tempo.

O maior perigo detectado pelas protetoras da casa seria a ativação de núcleos magnéticos envenenados, que poderiam atrair inimigos e desafetos do passado, ligados às duas entidades. Aquelas antenas precisavam ser desativadas com a brevidade possível.

O que teria provocado aquela recaída de Joanes, quando tudo parecia caminhar bem?

***

A erraticidade deveria ter operado definitiva mudança de atitudes, que impulsionasse Joanes ao reequilíbrio, no entanto, infelizmente, não foi isso que aconteceu. A permanência no conturbado sono que lhe rendera terríveis pesadelos não teve o condão de recolocá-lo na rota do bem e da verdade.

— É ele o responsável! Novamente por causa dele estou nesta desgraça! Petrus é o meu perseguidor! Ele há de me pagar...

Essas ideias denotavam bem a visão torta que Joanes fazia de sua vida, procurando febrilmente um responsável por suas aflições. Em seu modo de ver, era inadmissível que o irmão Petrus continuasse encarnado, enquanto ele permanecia sofrendo na espiritualidade.

Ao invés de procurar em seus desventurados comportamentos a razão de suas dores, preferia procurar um culpado, por inveja ou por se achar injustiçado. Não suportava a ideia da renovação de Petrus, que redundaria em sua felicidade.

— Se eu sofro — raciocinava —, Petrus também precisa sofrer. Por que eu não desfruto da sua mesma ventura? Por que não estou trilhando o mesmo caminho do meu irmão, se nascemos jungidos um ao outro? É justo que ele também pereça e compartilhe do meu desventurado destino. A minha doença deve ser a sua doença — concluía.

Os delinquentes segregados nessas precárias condições procuram-se e atraem-se uns aos outros, almejando contagiar-se mutuamente das chagas morais de que são portadores, gerando e compartilhando o inferno em que passam transitoriamente a viver.

36 – A conta chegou!

Jonakin e Filippo passaram a observar detidamente a situação em que se encontravam os irmãos gêmeos. Notadamente, existia um grande contraste entre o momento em que novamente estavam unidos, como se ainda fossem irmãos xifópagos, e o período em que estavam encarnados, antes e depois da cirurgia que os separou.

A primeira observação que fizeram foi a de que, quando os dois irmãos estavam encarnados, não imperava mais o intenso ódio entre eles. Aproximaram-se e gostaram de viver juntos, em paz, ainda que apenas por algum tempo.

E agora? O ódio continuava recíproco ou a fonte geradora residia apenas no inconformado Joanes?

— Não estaria ocorrendo ali — observavam os investigadores de Apolo — o fenômeno do devedor que marca o dia e a hora para ser cobrado e, quando o credor aparece, foge do pagamento, julgando-se injustiçado?

***

Escolhendo o erro, marcamos encontro com a reparação. As reações e comportamentos variam muito entre os espíritos. Mesmo as criaturas muito parecidas, que tenham vivenciado experiências similares, que hajam assumido compromissos semelhantes, ou até solidários, podem assumir atitudes e rumos distintos.

Toda reforma exige planejamento, tempo, persistência, mudança de rotina, de comportamento e muita paciência. Temos que nos preparar para todos os seus inconvenientes.

A reforma de uma casa, uma cirurgia estética ou reparadora, por exemplo, *avisa*, com antecedência, que ocorrerão muitos transtornos. Da mesma forma, as melhoras do espírito provocam desconforto e, às vezes, dor, muita dor...

Quando nos preparamos para uma nova encarnação e aderimos a, ou nos é imposto, um plano de melhoria adrede preparado pela espiritualidade, assumimos a condição de devedores que serão visitados pelos cobradores. Quando a justiça divina nos visita, jamais deveríamos estranhá-la, pois já sabemos que ela virá acompanhada do transtorno, da mudança de rotina, do desconforto e, eventualmente, da dor e outras inconveniências oriundas da situação anormal em que estamos imersos.

Era exatamente essa situação que acontecia com nosso personagem Joanes. A cobrança havia chegado e ele insistia em ignorar a dívida. E, pior, procurava um culpado para justificar a condição em que se encontrava.

***

Era o momento de Jonakin e Filippo iniciarem suas atividades. Escalados por Apolo, estavam preparados para enfrentar a situação. No detalhado exame que fizeram, enquanto se preparavam para agir, ladeados por Sofie e Milene e com o apoio das três encarnadas Lorraine, Palominas e Viviana, constataram a real situação dos espíritos Petrus e Joanes.

E foi exatamente a partir dessa minuciosa observação que traçaram o plano que buscaria a aproximação definitiva dos dois irmãos.

37 – As motivações de cada um

Jonakin e Filippo foram considerados por Apolo habilitados a promover a reconciliação daqueles dois inimigos seculares. Aproximaram-se dos dois espíritos e os encontraram novamente atracados, como se tivessem ainda no útero materno, um ligado ao outro, na situação de irmãos xifópagos.

Joanes subjugava Petrus. Confuso, queria acreditar que Petrus fora o responsável por seu retorno à condição de miserável desencarnado. Petrus, abatido, não detectava nem quem o aniquilava, nem a presença dos dois mensageiros desencarnados, e muito menos de suas protetoras Milene e Sofie.

Compartilhavam os mesmos pensamentos, como se fossem oriundos de um só cérebro, jungidos por rede fluídica que os mantinha prisioneiros, um do outro. Os anos solidariamente vividos de perversidade, de revolta, de desespero, com ramificações pela loucura e ignorância, os conservavam enfermos, um na carne e o outro fora dela.

As várias encarnações expiatórias, principalmente a mais recente, de nada lhes serviram?

Seria exatamente essa resposta que daria a Jonakin e Filippo o fio da meada que os conduziria ao desembaraçamento daquele novelo composto por anos de discórdia. Os dois missionários adentraram pelo psiquismo dos dois doentes.

E o que lhes parecia, à primeira vista, unicamente conjugação de sentimentos de ódio e de repulsa, cultivados por inúmeras existências, se mostrou, no aprofundamento de suas incursões exploratórias de ambos os psiquismos, com outros ângulos que precisavam ser observados, vincados na consciência perispiritual de cada um dos enfermos.

Em Joanes, um misto de inconformação pelo desencarne, ao seu modo de ver, prematuro, antes do irmão gêmeo e, em Petrus, muito mais desesperado esforço para safar-se dos densos ataques magnéticos, cujas origens não conseguia diagnosticar, como se fosse um sufocado prestes a perecer, do que propriamente intenções de eliminar um inimigo.

Jonakin e Filippo estenderam suas mãos sobre os sofredores, buscando transferir-lhes alguma carga magnética positiva capaz de proporcionar alívio e minimizar o mútuo envenenamento psíquico.

Perceberam, todavia, que a solução daquele velho problema teria que contar com a ajuda de irmãos encarnados, cuja linguagem, a princípio, seria mais adequada ao entendimento deles. Precisavam ser despertados, tanto para a situação em que se encontravam, como para a necessidade de reformulação de seus sentimentos, pensamentos e atitudes.

Joanes e Petrus necessitavam libertar-se e habilitar-se ao tratamento que havia séculos a espiritualidade lhes reservava e, finalmente, reassumir seus ciclos evolutivos.

O verbo de Jonakin e Filippo, todavia, não seria por eles ouvido, pois não poderiam detectar a presença dos dois enviados, ouvir suas orientações e, mesmo que ouvissem, não as levariam em consideração.

Em vista do baixo diapasão vibratório em que se encontravam, a linguagem entendível, naquele primeiro momento, seria unicamente a dos homens encarnados. A primeira providência seria buscar o auxílio de Paola e de Leonardo.

38 – Um médico muito especial

Jonakin e Filippo procuraram Antonela para expor seus planos, deslocando-se para as lindas paisagens em que vivia a nobre missionária. Constataram que a mentora jamais deixara de acompanhar a vida da família Valverde.

A anfitriã ouviu pacientemente os planos dos visitantes. Depois de instantes de meditação, fez pequenos reparos e concordou com as medidas propostas. Jonakin e Filippo retornaram à Terra imediatamente para colocar em prática o planejamento aprovado por Antonela.

Começaram por intuir Janis e Francesca a procurar novamente o médico brasileiro Zacarias Maldonado, um dos responsáveis pela separação dos siameses.

Zacarias sempre contou com a assistência do mentor Cipriano, que foi enfermeiro na Terra e hoje coordena suas ações do plano espiritual. O nobre mensageiro Cipriano tornou-se o ponto de contato entre o cirurgião e a espiritualidade, que tomou conhecimento da situação e das intenções de Jonakin e Filippo, avalizadas pela autoridade de Antonela.

Como vemos, amigos leitores, as decisões dos homens passam, muitas vezes, por grandes movimentações da espiritualidade, a fim de que providências devidas sejam efetivamente adotadas. Não importa se os homens pretensiosamente se arvorem em autores dos grandes feitos. O que realmente interessa é que os projetos dos planos superiores sejam concretizados.

***

Reportamo-nos, à guisa de elucidação do atento leitor, a episódio muito semelhante ao que estamos descrevendo neste capítulo, narrado por André Luiz no livro *Libertação*[47]:

O autor espiritual referiu-se, em sua narrativa, a uma entidade desencarnada que entrou no aposento de Margarida, acompanhando o médico especialista que viera examiná-la. Qual fora dedicado enfermeiro, acercou-se do facultativo, inspirando-o a examinar detidamente o estado da enferma.

Deitou sua destra na fronte do médico, seu protegido, transmitindo-lhe alvitre providencial. Depois de relutar um pouco, visivelmente constrangido pela sugestão, que vinha do exterior, sem mesmo detectar exatamente sua origem, o médico chamou o marido da paciente num canto do quarto e sugeriu:

— Por que não tenta o Espiritismo?

E para não demonstrar distância de sua formação científica, completou:

— A sugestão é uma força misteriosa, quase desconhecida.

O protetor do médico — esclarece André Luiz — fora seu enfermeiro, em vida, e recebera de bom grado a incumbência de ampará-lo em seus empreendimentos profissionais. Lembrou ainda que a colaboração da espiritualidade é limitada ao campo receptivo do que cuida da cura alheia, destacando, finalmente, que essa tarefa é largamente facilitada quando o médico se habitua a orar.

***

Felizmente, o Doutor Zacarias era bem receptivo às orientações de seu protetor espiritual Cipriano. E assim que Janis e Francesa expuseram o problema de seu filho Petrus, imediatamente o médico teve o diagnóstico formulado em sua mente.

— Pelo acompanhamento que tenho feito com a saúde de Petrus, posso lhes assegurar que a sua condição física é das melhores. Se ainda estivesse ligado ao seu irmão, que infelizmente contraiu a infecção generalizada que o fez partir desta vida, a circulação sanguínea poderia contaminar também seu corpo.

— Nada disso aconteceu e, com os exames que fizemos periodicamente para o acompanhamento pós-operatório, podemos afirmar que ele nada tem de grave. A sua atual prostração, para a observação médica, é uma incógnita.

Nesse momento, fez-se presente intensa vibração de Cipriano, que apôs sua destra sobre a fronte de seu protegido. Já acostumado com aquela aproximação, que recebia de forma amiga e agradável, Zacarias fez uma pequena pausa para melhor captar as emanações oriundas do Alto.

Recompôs-se e continuou:

— Quando as forças dos homens são insuficientes, devemos apelar para as forças de Deus! — comentou, filosoficamente, o médico. Não sei a que denominação religiosa vocês pertencem, todavia, se fosse meu filho, eu procuraria o auxílio da espiritualidade.

— A que tipo de ajuda o senhor está se referindo, doutor?

— A dos espíritos. Tenho presenciado grandes auxílios de médiuns curadores e, em alguns casos, extraordinárias transformações, quando as doenças se originam de influências espirituais.

— O senhor está se referindo a algum tipo de trabalho espiritual que possa estar atingindo nosso filho Petrus? — indagou Francesca.

— Não necessariamente um trabalho encomendado, pois, por tudo que conheço de sua família, é pouco provável que vocês tenham inimigos junto dos homens.

— O que nos aconselha? — perguntou Janis.

Mais uma vez Cipriano se fez presente, inspirando Zacarias:

— Não conhecem ninguém ligado ao Espiritismo?

Imediatamente o casal trocou significativo olhar, pois ambos se lembraram da visita que tempos atrás haviam recebido, em sua casa, da atenciosa professorinha de suas filhas. Chegara a hora de procurarem Paola.

39 – Buscando a ajuda de Leonardo e Paola

Leonardo, assim como sua filha Paola, possuía disciplinada sensibilidade mediúnica, que trazia de pregressas encarnações, desde quando era rei, na época do feudalismo.

Em outra encarnação, quando era governante de cidade italiana, sendo Paola, como hoje, sua filha, ofereceu-a como moeda de troca na negociação de acordo de paz da comunidade que dirigia. Por conveniência, Paola foi concedida em casamento a Joanes, líder dos Valverdes, grupo político adversário de Leonardo.

Devido à péssima aparência de Joanes, o casamento foi feito por procuração a Petrus, seu irmão, jovem e bonito. Assim que se conheceram, os jovens apaixonaram-se, idílio que instigou o horrendo Joanes a assassinar o próprio irmão e a repudiar Paola.

Esses fatos pairavam no ar e, embora relegados ao esquecimento do passado, teimavam em imiscuir-se nas lembranças de todos os personagens que ora se reencontravam.

***

Logo depois de sair da entrevista com o médico Maldonado, Francesca procurou a jovem professora de suas filhas, pedindo a sua ajuda. E foi assim que Janis e Francesca adentraram o Centro Espírita Amor e Luz e foram recebidos, fraternalmente, por Paola e Leonardo. Ambos sentiram a mesma familiaridade com os visitantes, da mesma forma que a professora já havia detectado proximidade com Joanes e Petrus, na visita ao lar de suas pequenas alunas.

***

Iniciou-se a reunião. Novamente compareceu Milene, desta vez acompanhada por Jonakin e Filippo. Após a palavra introdutória, foi Jonakin quem dialogou com Paola e Leonardo, sob o acompanhamento de Janis e Francesca.

— Boa noite, meus irmãos — cumprimentou Jonakin. Quero agradecer a carinhosa acolhida desta casa aos representantes da família Valverde.

A menção do nome do antigo grupo inimigo da encarnação italiana não deixou de suscitar, nos dirigentes do centro espírita, certa comoção.

— Da mesma forma, todos nós, que estamos empenhados no reerguimento de Petrus e de Joanes, fomos bem recebidos, possibilitando que providências oriundas de planos superiores pudessem ser encaminhadas. Como já devem ter pressentido, o antagonismo entre esses dois irmãos já dura séculos. Por outro lado, com a mesma tenacidade com que eles cultivaram o mal, inúmeros trabalhadores, desde o mais alto escalão, até chegar a nós, meros executantes de amplo projeto da espiritualidade, empenhamo-nos firmemente em conciliá-los.

Todos, atentos, acompanhavam as palavras de Jonakin:

— Já tivemos muitos progressos e quase conseguimos essa reabilitação em tempos não muito distantes, quando chegaram a ensaiar harmônica convivência. O mal, no entanto, arraigado por tantos anos, não se dissolve de uma hora para outra. Assim foi que, vítima de lamentável recaída, Joanes voltou a enredar-se com Petrus, situação que se sustenta no presente momento. Não obstante, os sentimentos que cultivam mais se assemelham aos de inconformação e de defesa, do que propriamente de mútua agressão.

Jonakin fez breve pausa e continuou:

— Permanecem, porém, jungidos, e precisam se conciliar e habilitar-se ao progresso. E é por isso que aqui estamos, para solicitar a ajuda que vocês, irmãos de boa vontade, em favor desses dois doentes, um encarnado, outro desencarnado. Eles estão surdos às nossas exortações e convites, mas, talvez ouçam suas palavras, se ditas com respeito e humildade.

Filippo se adiantou e deu continuidade à comunicação:

— Talvez estranhem, caros irmãos, tamanha mobilização dos mestres do espaço em favor desses teimosos seculares. Ocorre que a atenção do plano maior, além de considerar os méritos e necessidades de Joanes e Petrus, atende às intercessões de Palominas, Viviana e Lorraine, suas protetoras de muitas vidas, ora encarnadas voluntariamente em missão, como suas irmãs, e de Milene e Sofie e, naturalmente, de Janis e Francesca, genitores aqui presentes. Uniram-se todos para desatar os nós do passado.

— E vocês, Paola e Leonardo — voltou a falar Jonakin —, a quem recorremos, que já sentiram no recôndito de suas almas suas ligações com nossos desventurados irmãos, poderão novamente auxiliá-los, como já fizeram no passado. Indagarão ainda se o plano espiritual não estaria suficientemente habilitado a resolver esse intrincado problema. Nem sempre, contudo, espíritos muito arraigados à matéria, como ainda é o caso de Petrus e Joanes, nos ouvem ou atendem os nossos apelos. Há grande possibilidade de que considerem os seus argumentos, movidos, principalmente, pela convivência e pelos laços afetivos do passado.

Sem mais delongas, Leonardo e Paola se colocaram à disposição, concitando todos os presentes a vibrar positivamente em favor dos irmãos que careciam de ajuda, fornecendo à equipe de desencarnados preciosos fluidos para as providências que viriam a seguir.

Leonardo levantou-se e proferiu sentida oração:

— Deus, pai misericordioso. Se fomos procurados por esses bondosos espíritos, é porque temos condições de auxiliá-los na reabilitação desses dois irmãos encarcerados na dúvida e na dor. Além disso, nossas ligações pretéritas nos colocam no mesmo patamar evolutivo, o que representa mera obrigação de estendermos as mãos a esses colegas de infortúnio. Colocamo-nos à disposição da espiritualidade, para que se utilize de nossas energias e esforços para auxiliá-los a se libertarem definitivamente de suas correntes. Inspirem nossas palavras, guiem nossas ações e fortaleçam-nos diante de nossas fraquezas.

Após a sincera exortação, paz e silêncio inundaram o ambiente. Todos estavam irmanados no firme propósito de auxiliar. E quando isso acontece, caro leitor, realizações extraordinárias acontecem.

Passados alguns instantes, Paola pressentiu a proximidade do companheiro de encarnação na antiga Itália. Jonakin, Filippo, Milene e Sofie trouxeram o confuso Joanes. Chegara o tão esperado momento em que ele seria convocado ao entendimento.

40 – Obsessores respeitam a autoridade moral

Pessoas mal-intencionadas, quando detectam frágil vigilância ou precária punibilidade, não respeitam a autoridade constituída. Assim também ocorre com os desencarnados endurecidos quando abordados pelo serviço de evangelização da espiritualidade.

Vejamos o que ocorreu com Jacob, conforme registro em seu livro *Voltei*, psicografia de Francisco Cândido Xavier.

No trabalho de socorro aos desencarnados, em que se fazia acompanhar de Guillon Ribeiro e Cairbar Schutel, Jacob percebeu que os atendidos não viam os benfeitores que ali acorriam. Não obstante, ouviam suas instruções e advertências edificantes.

Contristado, Jacob percebeu a grande diferença entre ele e os abençoados companheiros que o haviam trazido àquele ambiente. Se, por um lado, nenhum deles era visível, não obstante suas irradiações brilhantes que lhes marcavam a individualidade, ele, Jacob, era perfeitamente detectável pelas entidades infortunadas.

Certa entidade o reconheceu e disse:

— Aquele ali não é o Jacob? Que é da luz dele?

Jacob, envergonhado com sua opacidade e com o incidente, receou atrapalhar os serviços da noite. Não era o momento de esclarecer suas dúvidas. Mais tarde Guillon o consolou:

— Não se atormente, meu caro. Esteja certo de que sua luz virá.

***

Em outro episódio desse mesmo livro, ao travar contato com temível algoz, receou ser agredido, pois o infeliz o afrontou, colérico, com seus punhos cerrados. Quis recuar, mas o mentor Ornelas veio ao seu socorro e pousou a destra sobre sua fronte. Alimentado pela colaboração magnética de Ornelas, Jacob conseguiu manter-se seguro, conseguindo dialogar, pela primeira vez, após a morte, com um espírito desviado do bem:

— Meu irmão, por que não liberta o amigo doente?

— Nem depois de morto, Jacob, você desiste de me atormentar? — revidou o obsessor, raivoso.

— Não desisto porque quero ser seu amigo e desejo trazer seu espírito para a luz.

— Não vejo luz alguma em você, Jacob. Como quer me dar o que não tem?

Jacob fez menção de fugir ao entendimento, mas a mão vigorosa de Ornelas o amparou.

— Trabalharei sinceramente no bem até que a vontade do Senhor me ilumine a alma — respondeu.

O verdugo fez um esgar de ódio e voltou a comentar:

— Não reconheço sua autoridade para conselhos. Você foi sempre um homem áspero, indisciplinado, voluntarioso. Muita vez, acabava de apontar-nos o bom caminho para seguir estrada contrária. Agora quer ser apóstolo... Frequentemente, após deixar os aparelhos mediúnicos através dos quais trocávamos ideias, eu lhe seguia os passos, discreto, e notava que você não agia de conformidade com os próprios ensinos.

À queima-roupa, aquelas frases desconcertaram Jacob, que, mesmo envergonhado, com o apoio de Ornelas, respondeu:

— Sim, reconheço as minhas fraquezas. Entretanto,

sincero é o meu desejo de renovação e melhoria. Não nos santificamos de uma vez e, se todos os pecadores se negarem ao trabalho do bem sob a alegação de se sentirem maus e ingratos, como poderíamos aguardar vida melhor para o mundo? No entanto, creia que não repousarei enquanto não afinar minhas atividades com os ideais redentores que abracei.

Após enorme relutância, o terrível perseguidor consentiu que Jacob orasse, colocando-lhe a cabeça entre as suas mãos. Finda a primeira observação pessoal de serviço, o obsessor fitou Jacob de maneira diferente. Parecia não estar mais com tanta agressividade.

Ornelas o advertiu:

— Não espere, Jacob, um reajustamento apressado. A realização da espiritualidade superior, neste irmão, não acontecerá de um minuto para outro. Plantemos e trabalhemos! Os resultados da boa iniciativa pertencem a Deus.

***

Como vemos, caro leitor, nessas preciosas lições do livro *Voltei*, o trato com desencarnados endurecidos exige autoridade moral. Atentos a esse precioso requisito, o da superioridade incontestável, que emana das criaturas probas e honradas, é que Jonakin e Filippo estavam trazendo o desventurado Joanes para o entendimento com Leonardo e Paola, no Centro Espírita Amor e Luz.

41 – Como esclarecer um obsessor

Nenhum obsessor tem apenas aspectos negativos. Ninguém, em sã consciência, que fosse julgar as vidas de Joanes e Petrus, poderia adotar a posição maniqueísta de condená-los apenas por suas atitudes perversas e más, em contrapartida com a bondade intrinsecamente presente nos espíritos que se esforçam para o seu aprimoramento, que, no caso deles, ainda se encontrava em estado de dormência.

Não por acaso, Joanes estava sendo conduzido para o grupo espírita de que participavam Leonardo e Paola, seus velhos conhecidos de vidas pregressas. A diferença é que os séculos transformaram Leonardo, das jornadas como rei e administrador, e Paola, sua filha em antiga cidade italiana, — apenas para citar algumas de suas encarnações mais expressivas — em criaturas voltadas para o bem, para a verdade e para a superação de suas mazelas.

Dedicavam-se agora ao próximo, ao aperfeiçoamento de seus sentimentos, no sério desejo de melhorar-se. Detentores de consideráveis méritos, por terem adquirido consciência de seus erros, voltavam-se à severa censura de seus atos, a fim de situá-los dentro da justiça, do amor e da caridade, enquanto Joanes ainda se prendia a velhas tendências ao mal.

Nenhuma alma está definitivamente perdida. Daí o esforço daquele grupo do bem, composto por espíritos dedicados à renovação de Joanes e Petrus, em quem agora detectavam sutis sinais de sensibilidade.

Aproximava-se o momento em que Joanes seria recebido pelos encarnados, sob a supervisão dos mentores. Quem sabe, o contato com Leonardo e Paola despertaria o lado bom de Joanes, capaz de fazê-lo repensar a longa jornada de desacertos?

***

[48]Como esclarecer um obsessor?

Os diálogos geralmente são iniciados pelo espírito comunicante, que expõe suas cruezas, indignações e queixas. A intervenção do esclarecedor procurará destacar os prejuízos que o perseguidor vem provocando em si mesmo.

— Você é feliz? — indagará o interlocutor, dirigindo-se ao espírito que odeia, faz sofrer e persegue sua vítima. Diante da óbvia resposta, o passo seguinte é convencê-lo a mudar de estratégia, para que a dor do outro não represente dor para ele mesmo.

Embora os maus sentimentos costumem vedar a percepção e o raciocínio dos obsessores, alguns percebem que a satisfação de suas vinganças está lhes custando muito caro e por tempo do qual já perderam a conta.

Não se propõe a impunidade daquele que ofendeu o atual vilão e que, mais cedo, ou mais tarde, terá que responder por seus atos, pois nada escapa à justiça divina.

Para o seu próprio bem — e esse é um argumento decisivo —, o atual verdugo deverá virar as costas para as ocorrências anteriores, que o prejudicaram e o feriram, e cuidar da própria vida, deixando que seu outrora agressor entenda-se diretamente com a divindade.

Enfim, o diálogo entre o esclarecedor e o obsessor

deve sempre ser um esforço para que ele entenda que suas inquietações somente serão superadas se der um novo rumo à própria vida, ressaltando sempre que a justiça divina se aplica a todos.

Finalmente, dever-se-á destacar que, se o outro errou contra ele, seu atual procedimento tende a igualar-se ao do ofensor, o que o torna réu perante as leis de Deus, mesmo sendo também vítima.

Tanto quanto possível, deve-se ter sempre em conta a argumentação decisiva de Emmanuel, contida no livro *Vinha de Luz*:

O Senhor continua ensinando e amando, orientando e dirigindo, mas, porque a surdez prossegue sempre, chegam a seu tempo as bombas renovadoras do sofrimento, convidando a mente desviada e obscura à descoberta dos valores que lhe são próprios, reintegrando-a no santuário de si mesma para o reencontro sublime com a Divindade.

42 – A manifestação de Joanes

Como previram os elevados instrutores da espiritualidade, ao se aproximar do grupo de intercâmbio medianímico, Joanes reconheceu Leonardo e, em atitude submissa e de familiaridade, arrojou-se aos pés do antigo rei, sem dar-se conta do tempo transcorrido e, por intermédio da mediunidade de Paola, exclamou:

— Tenha um pouco de paciência, Rei Leonardo, as colheitas não foram boas! Não invada, nem retire minhas terras. Já mandei meu filho Janis cobrar meu arrendatário inadimplente e, em breve, ele virá com boas notícias.

Jonakin, ladeado por Milene, colocou a destra sobre a cabeça de Leonardo, que, num rápido lapso de tempo, teve perfeita noção da inusitada justificativa apresentada pelo seu outrora nobre feudal, e lhe respondeu, de forma a aquietá-lo:

— Não se preocupe, Joanes, Janis já está aqui comigo e trouxe boas notícias.

No mesmo momento Joanes se acalmou, identificando Janis, ao lado de Francesca.

Filippo, ladeado por Sofie, colocou a mão direita sobre a cabeça de Joanes, que, num átimo, agora se via em pequena comunidade italiana, da qual Leonardo era administrador. Pai de Paola, havia prometido sua mão em casamento a Joanes, que dela se afastou.

— Não tive culpa, Leonardo, das defecções de Paola e Petrus! Ele recebeu, no entanto, o castigo merecido! — disse, referindo-se ao assassinato do próprio irmão, por tê-lo surpreendido em idílio com a futura noiva.

Diante de nova imposição de mãos de Filippo e Sofie, o tempo avançou outra vez na mente de Joanes, que agora se via recordando os momentos que sucederam seu último desencarne, quando se encontrava em pavilhão, ao lado de centenas de irmãos desencarnados, qual cemitério escuro, em filas de leitos ocupados, em profundo sono.

Joanes ficou, novamente, com a face em palidez cadavérica, como se retomasse a prostração, em forma de *sono eterno*, após a morte, em que a negação deliberada o lançara. E repassava suas recordações em forma de pesadelos, saindo da época feudal, passando pelas zonas escuras em que foi recebido por suas vítimas, na espiritualidade.

Lembrou-se de seus desatinos na Moldávia, quando matava suas vítimas de forma cruel e dolorosa e, em seguida, novamente, suas incursões pela Itália. Reviu a encarnação em que nasceu paralítico e desperdiçou as preciosas oportunidades de redenção que lhe foram proporcionadas pela generosidade superior.

Recordou-se de seus desatinos contra Petrus, quando o atropelou, com o veículo que dirigia, tarefa facilitada pela embriaguez do algoz e, finalmente, da sua mais recente encarnação, quando nascera unido ao irmão xifópago e teve sua encarnação abreviada por seus comprometimentos intestinais.

Por último, agora unidos nos mesmos propósitos, Jonakin, Filippo, Milene e Sofie direcionaram todas as suas energias sobre Joanes para fazê-lo conscientizar-se, não apenas dos próprios comprometimentos que culminaram com suas atuais dores, mas também, principalmente, da afeição que começara a nutrir por Petrus, em sua última existência.

As luzes espargidas pelos dedicados agentes da espiritualidade inundaram o ambiente, proporcionando a todos os presentes, inclusive Joanes, uma agradável atmosfera de paz, aconchego espiritual, permeada por uma inesperada rajada de perfumes primaveris.

Joanes silenciou, pois sentiu que seus reclamos eram injustos. Não poderia alardear-se como vítima, pois era tão culpado por sua situação, quanto julgava fosse da responsabilidade de Petrus.

Antonela, que tudo acompanhava à distância, mandou mensagem para todos os envolvidos naquela nobre missão, ponderando ser oportuno o encerramento do encontro. As emoções da noite seriam absorvidas por Joanes, para a reflexão que o prepararia para os passos seguintes daquela gloriosa jornada.

***

Ao voltarem ao lar, Francesca e Janis encontraram suas pequenas filhinhas ainda acordadas, ao lado do irmão, que havia despertado, sorrindo, demonstrando animação e alguma melhora.

Petrus lhes contou o belo sonho que havia tido, minutos antes, quando dormira, embalado por suaves emanações das pequenas irmãzinhas que raramente se afastavam dele. Não se lembrava dos detalhes, mas conseguiu descrever um ambiente de muita harmonia e suaves perfumes florais.

Francesca e Janis se entreolharam, em silêncio, com a certeza de que o espírito de Petrus também havia participado do maravilhoso encontro daquela noite.

Viviana, a mais velha, de cinco anos, tomou as delicadas mãozinhas de suas irmãs Lorraine e Palominas e juntou-as com as dos pais. Embora as três criancinhas fossem espíritos elevados, o acrisolamento da carne limitava seus palavreado em curtas e simples frases:

— Nossos corações estão cheios do amor de Deus — disse a pequena com simplicidade. Precisamos agradecer a melhora do nosso irmão Petrus. Papai, por favor, faça a prece que Jesus nos ensinou.

Emocionado, Janis — ao lado de Francesca — fez sentida oração, acompanhado pelos protetores, que, do plano espiritual, aliviados, acompanhavam os progressos daquela virtuosa família.

43 – Reunião de emergência

Os procedimentos iniciais de Jonakin e Filippo surtiram algum efeito. Estavam cientes, contudo, de se encontrar apenas no início de uma jornada que prometia exigir empenho de todos, em busca da sensibilização dos dois irmãos.

Embora estivessem felizes com o andamento do caso e compartilhassem da alegria da família Valverde, com a animação demonstrada pelo doente da casa, os dois enviados de Apolo tinham perfeita noção da gravidade da situação física de Petrus.

Assim que os habitantes daquele lar se recolheram aos seus leitos, desdobrou-se uma outra reunião, agora na dimensão espiritual, ali mesmo naquela casa. Dela participaram, além das entidades protetoras Milene e Sofie e dos enviados Jonakin e Filippo, também as incansáveis protetoras encarnadas, parcialmente libertas de seus vasos físicos, Lorraine, Palominas e Viviana.

Como fiéis protetores daquela casa, determinados a levar adiante a nobre missão de que foram incumbidos, aguardaram, pacientemente, o afastamento de Francesca e Janis de seus veículos densos. Mesmo sem dispor de plena liberdade de movimentação, o casal encontrava-se consciente do móvel daquele inusitado encontro.

Os componentes da equipe protetora tinham por objetivo reexaminar a situação de Joanes e Petrus. Com certo alívio, constataram que os dois enfermos não mais estavam jungidos pelos perniciosos laços que os prendiam. Havia ocorrido visível diminuição da forte tensão responsável pela junção de ambos, embora persistisse o ambiente de resistência e de animosidade. Ainda que discreto, divisava-se algum progresso.

Petrus — o encarnado —, parcialmente desligado do cérebro de Joanes, que até então o subjugava, padecia dos reflexos que os comprometimentos perispirituais haviam causado em sua máquina física.

A dominação da antiga vítima, como nos ensina André Luiz no livro *No Mundo Maior* (psicografia de Francisco Cândido Xavier), *desarranjou os centros perispirituais,* lesando o vaso físico de Petrus, de tal forma que, mesmo dele agora afastado, percebiam-se as feridas das regiões cerebrais provocadas pelo longo tempo de perseguição do adversário.

— Teriam chegado tarde demais? — pensaram Jonakin e Filippo.

Joanes, estático, sem ser notado por Petrus, e sem detectar os participantes daquela reunião emergencial, observava o irmão de longe, refletindo sobre tudo o que ouvira na reunião mediúnica de que participara.

E foram exatamente Leonardo e Paola, desdobrados de seus corpos carnais, que se aproximaram para juntar-se ao grupo socorrista. Tomaram conhecimento da grave situação física de Petrus e propuseram urgentes medidas.

Jonakin, Filippo, Milene e Sofie passaram a emitir vigorosas irradiações magnéticas, envolvendo a cabeça e a espinha dorsal de Petrus, providência que amenizou a tortura física que o atormentava, proporcionando-lhe suave anestésico de suas dores, processo que se refletiu imediatamente na disposição do espírito do doente, naquele momento em que estava desligado do corpo.

Enquanto isso, Leonardo e Paola envolveram Joanes com halo de vibrações, a fim de obstar qualquer reação que pudesse prejudicar a operação de emergência em curso.

— A oração e o amor em favor de perseguidores e caluniadores — começou Leonardo, dirigindo-se ao perplexo Joanes — não é mera virtude a ser exercitada. Elas obedecem ao princípio científico da libertação, que poupa e rompe os grilhões que nos prendem, habilitando-nos à retomada da amplitude espiritual.

Joanes continuava estático, porém ainda distante do sentimento que o libertaria definitivamente daquele casulo tenebroso em que havia se enredado, com a vivência de anos de ódio e intolerância.

Ao tempo em que esses trabalhos emergenciais se desenrolavam, os espíritos elevados das criancinhas prostraram-se, genuflexas, e começaram a orar.

O mestre Apolo não havia lhes dado permissão pessoal para evocá-lo, se fosse necessário?

— *Quando precisarem de ajuda, reportem-se diretamente a mim!*

Pois bem! Aquela era realmente uma situação de emergência que exigia a intervenção do elevadíssimo mestre. E o humilde ambiente daquela casa terrena foi inundado pelo carinho e pela fé das pequenas abnegadas. A princípio, começaram a produzir um sopro de brisa suave e perfumada.

Em seguida, em velocidade que foi gradativamente se acentuando, surgiram círculos de luzes, que se afunilaram e se transformaram em bolhas luminosas. Unidas em grande feixe, partiram em direção ao espaço. Surpresos, os componentes do grupo sabiam que aquele invólucro continha um pedido de socorro com endereço certo.

44 – Visita providencial

Não obstante os esforços da equipe, a situação se agravava a cada momento e se temia pela vida de Petrus. A morte rondava, ameaçadora. Quando permitimos a conexão com determinadas inteligências, surgem laços quase indissolúveis, que nos tornam susceptíveis a destrambelhos físicos. No caso de Petrus, seus focos cerebrais estavam comprometidos pelo longo período de perseguição de seu oponente e pelos próprios débitos assumidos em tempos pretéritos.

Unidos no mesmo propósito, encarnados e desencarnados mantiveram círculo de orações, na esperança de que os planos superiores autorizassem intervenção de alto nível, para potencializar os esforços de todos em favor do doente.

Um médium com a faculdade da vidência teria acesso a uma estranha cena: num canto do lar dos Valverdes, ainda em estado de perplexidade devido às emoções da noite anterior, jazia Joanes, que continuava afastado de seu rival, ora por estar refletindo sobre as verdades que lhe foram apresentadas na sessão espírita de que participara, que haviam calado fundo em seu espírito, ora por não encontrar espaço para suas escuras emanações, diante do verdadeiro cerco de luzes que protegia o enfermo da casa.

***

Experimentados em similares missões de que já haviam participado, Jonakin e Filippo sabiam que a atuação da espiritualidade maior se fazia necessária, salvo situações notadamente emergentes, depois que o sol se punha.

Segundo André Luiz[49], *de modo geral, as condições de luta para os enfermos são mais difíceis à noite. Os raios solares, nas horas diurnas, destroem grande parte das criações mentais inferiores dos doentes em estado melindroso, não acontecendo o mesmo à noite, quando o magnetismo lunar favorece as criações de qualquer espécie, boas ou más.*

***

No dia seguinte, quando mais se acentuaram as preocupações com o estado de saúde de Petrus, Viviana dirigiu-se a Francesca:

— Mamãe, precisamos orar novamente.

— Agora, filhinha? Algum motivo especial? — respondeu docemente a amorável mãezinha.

— Nosso irmão Petrus está aflito e abatido, mamãe. Peça a papai para fazer aquela oração bonita do domingo.

Referia-se a criança ao famoso Salmo de Davi[50], frequentemente lembrado nos momentos mais difíceis da vida.

Sensibilizado pela iniciativa daquela nobre criança, Janis começou a declamar a bela oração, próximo da cama de Petrus, que estava rodeado não somente por seus pais e irmãs, como por todos os mentores desencarnados presentes naquela humilde moradia.

O Senhor é o meu pastor, nada me faltará.

Deitar-me faz em verdes pastos, guia-me mansamente a aguas tranquilas.

Refrigera a minha alma; guia-me pelas veredas da justiça, por amor do seu nome.

Ainda que eu andasse pelo vale da sombra da morte, não temeria mal algum, porque tu estás comigo; a tua vara e o teu cajado me consolam.

Preparas uma mesa perante mim na presença dos meus inimigos, unges a minha cabeça com óleo, o meu cálice transborda.

Certamente que a bondade e a misericórdia me seguirão todos os dias da minha vida; e habitarei na casa do Senhor por longos dias.

Após aquela providencial oração, que fez lágrimas borbotarem nas faces dos presentes, todos prepararam-se para aceitar o que Deus havia reservado para Petrus. Resignadamente, acolheriam a vontade do Pai, se fosse chegada a hora de ele partir para a vida espiritual.

Em silêncio, no entanto, o desejo íntimo era de que ele ainda permanecesse encarnado, aproveitando a sublime oportunidade de aprendizado que aquela existência, embora sofrida, estava lhe proporcionando.

Inesperadamente, o recinto se iluminou de forma grandiosa. Todo o aposento se encheu de novas luzes, com raios partindo de origem ainda desconhecida. O brilho feriu o olhar dos desencarnados presentes no recinto, obrigando Joanes, que permanecia em seu canto, estático e perplexo, a proteger-se instintivamente.

Por iniciativa da entidade de onde provinham os brilhantes raios, a claridade se amenizou, permitindo aos presentes divisar uma sublime figura. Apolo não mandara qualquer representante. Movido pelas orações das três criancinhas, que pertenciam aos seus íntimos círculos siderais, o mestre viera pessoalmente.

Para surpresa dos presentes — incluindo Petrus que, não obstante o crítico estado de saúde, conservava-se parcialmente consciente —, Viviana, Lorraine e Palominas começaram a sorrir para o espaço vazio, como se estivessem tendo uma gloriosa visão.

Não, as pequenas não sonhavam! A natural sensibilidade dos espíritos superiores, ainda que encarnados, lhes permitiu o contato visual com seus pares, de forma clara e nítida, mesmo em estado de vigília.

Os demais presentes pareciam estar presenciando o similar fenômeno vivenciado pelas três crianças portuguesas — Lúcia, Francisco e Jacinta, de dez, nove e sete anos —, *os três pastorzinhos de Fátima* —, que, no dia 13 de maio de 1917 afirmaram ter testemunhado aparições de *uma senhora mais brilhante que o sol.*

Uma voz grave ressoou do meio da claridade safirina, que mais parecia originar-se de um reservatório de luz:

— Chamaram-me?

As três pequenas, ainda sorrindo para o nada, aquiesceram com suas cabeças, pois exatamente elas haviam convocado a presença do alto dignitário da espiritualidade.

Jonakin e Filippo, surpresos com a presença pessoal do elevado espírito a quem se reportavam, de quem proviera a missão que procuravam cumprir, acorreram até Apolo para inteirá-lo dos graves motivos de sua convocação.

45 – O socorro de Apolo

Antes mesmo de ouvir os apelos de seus enviados, Apolo caminhou até Joanes, que nada via, mas sentia-se absolutamente encurralado pela profusão de luzes que ofuscavam a sua retina, incapaz de captar, registrar ou decodificar qualquer imagem enviada ao seu espírito. Da destra de Apolo saltaram chispas de luz, quais flamas azulíneas, como se fosse um afago dirigido ao pobre e dementado sofredor, com energias calmantes.

Em seguida, ouviu o relato de Jonakin:

— Mestre, estamos para perder um dos nossos protegidos! Petrus definha e, aparentemente, deverá entrar em colapso em instantes. Encontra-se em estado gravíssimo, aparentemente irreversível.

— Sei de suas perturbações circulatórias e de seu

comprometimento cerebral — pronunciou-se serenamente Apolo.

— Compreendemos, mestre Apolo — falou Filippo —, que devemos aceitar a vontade de Deus e não impor a nossa. Não seria, no entanto, contraproducente a sua partida neste momento? Estamos no caminho da reconciliação com o velho adversário Joanes, com quem o mestre acabou de travar contato. Se nossas expectativas se confirmarem, os futuros encontros com Leonardo e Paola poderão, finalmente, demovê-lo definitivamente de seus propósitos.

— Conheço também essa situação, meus queridos amigos. Por isso estou aqui. Não temos tempo a perder!

As operações que agora vamos descrever, amigo leitor, somente puderam vir a lume graças à grandiosa obra de André Luiz, que orientou os nossos passos na direção dos conteúdos que eram desconhecidos deste escritor. Acompanhemos Apolo!

***

[51]Embora consciente, Petrus dava mostras de grave lesão, imediatamente diagnosticada por Apolo. O doente aproximava-se do estado pré-agônico, em todas as suas expressões físico-espirituais, já com dificuldades de respiração e articulação das palavras.

Regiões cerebrais haviam sido atingidas e avizinhava-se a total obstrução de vasos sanguíneos, com suas consequentes rupturas. Se ocorresse a hemorragia, o passo seguinte seria a morte, ou, na melhor das hipóteses, lesões gravíssimas, caminhando para as convulsões e irreversibilidade do quadro clínico.

O mentor logo percebeu os sintomas clássicos do AVC, caracterizado pela dor de cabeça, vômitos, início de dormência nos membros inferiores, por enquanto, em apenas um dos lados do corpo de Petrus. A dificuldade da visão era notória e a fala estava suspensa.

O coágulo precisava ser dissolvido ou o paciente pereceria em poucos minutos, pois a trombose localizava-se exatamente numa das artérias que irrigava o córtex motor do cérebro. A apoplexia era iminente!

Apolo iniciou as operações magnéticas, ministrando a Petrus energias novas à espinha dorsal. Colocou a destra ao longo do fígado e depois no cérebro físico.

Dirigindo-se aos desencarnados presentes — advertência que foi captada imediatamente por Viviana, que a retransmitiu ao plano físico —, Apolo solicitou:

— Amigos, mantenham-se em prece, cooperando conosco. Convocarei alguns irmãos em serviço para auxiliar-nos.

Dito isso, Apolo assumiu atitude de profunda concentração, solicitando a presença de auxiliares que trabalhavam nas proximidades.

Não havia se passado mais de um minuto e apareceram várias entidades que penetraram silenciosamente na residência dos Valverdes.

Nesse ínterim, Joanes, que havia recebido a chuva de vibrações de Apolo quais chispas de luz que lhe descerraram a visão espiritual, passara a ver e a acompanhar as operações do mestre, na tentativa de salvar a vida de seu antagônico irmão, Petrus.

Imediatamente chamou para si, intimamente, toda a responsabilidade do estrago cerebral do paciente. Exatamente porque Petrus, por suas culpas, não dispunha de defesas próprias, Joanes havia conseguido penetrar profundamente em suas entranhas espirituais com suas negras emanações de ódio.

Joanes, pela primeira vez em dezenas de anos, não sentiu qualquer prazer com a dor do desafeto. Mais do que isso, passou, a exemplo do que lhe ocorrera quando estava jungido ao irmão no processo de xifopagia, a experimentar os mesmos sintomas do enfermo em vias do desencarne.

Era um gosto amargo que lhe provocava intensas náuseas, vista turvada, forte dor de cabeça e gradativa paralisia dos membros, embora estivesse desencarnado. O processo de xifopagia espiritual se lhe instalara com toda a sua extensão de gravidade.

Aproximou-se do grupo e aconteceu o milagre que todos procuravam. Joanes ajoelhou-se perante todos e começou a chorar. Petrus estava morrendo por sua causa e ele estava sentindo, na própria pele, todos os sintomas que havia provocado no irmão.

Indiferente ao que acontecia à sua volta, Apolo não se desconcentrava, procurando evitar o desencarne do enfermo. Em dado momento, chamou Jonakin e disse:

— Precisamos das emanações de algum irmão encarnado, cujo corpo esteja agora em repouso e equilíbrio. Petrus está em estado gravíssimo e será necessário muito critério na escolha do doador de fluidos.

Antes mesmo que Jonakin chegasse a pensar em quem procurar, Joanes arrojou-se, lavado de lágrimas e disse:

— Eu sei quem pode salvar meu irmão! — e saiu em desabalada carreira.

A um discreto sinal de Jonakin, que não poderia de forma alguma dali se ausentar, porquanto ele e Filippo estavam cooperando nos trabalhos de recuperação de Petrus, Milene seguiu o desarvorado Joanes, que nem mesmo sabia para onde ir.

Joanes procurava alguém que soubesse da sua história, dos seus desmandos passados e que, agora, tivesse condição física, espiritual e sensibilidade para doar as suas energias a Petrus.

A natureza do corpo fluídico está sempre em relação com o grau de adiantamento moral do espírito. Os espíritos inferiores não podem mudar de envoltório a seu bel-prazer, pelo que não podem passar, à vontade, de um mundo para outro.[52]

Embora imbuído da melhor das boas intenções de salvar o irmão, Joanes não dispunha da menor possibilidade de doar seus carregados fluidos — não poderia ofertar do que não dispunha — e muito menos o necessário discernimento para encontrar o doador nas condições exigidas por Apolo.

Guiado por Milene, felizmente, a procura de Joanes recaiu exatamente sobre uma criatura extremamente bem preparada e em condições de atender a emergência. O improvisado investigador encontrou quem procurava, desprendido de seu corpo, embalado pelo sono físico:

— Aparício! — Joanes prostrou-se aos pés de uma de suas antigas vítimas, que soubera guardar bons sentimentos em relação a Petrus.

— Errei muito nestas vidas, inclusive contra você e Petrus. Agora, no entanto, ele precisa da sua ajuda. Venha, venha comigo! Somente assim conseguiremos a sua salvação.

Assustado com a inusitada situação, mas ao mesmo tempo feliz, por ver a transformação ocorrida nos sentimentos de Joanes, Aparício olhou enigmaticamente para Milene, e se deixou conduzir pelas vias da volitação empreendida pela mentora, que os levou em direção ao lar dos Valverdes, onde Apolo tentava salvar Petrus.

***

Enquanto Milene estava fora, as entidades que haviam respondido ao chamado de Apolo oravam, silenciosas, dando suporte aos seus procedimentos. Pertenciam a uma das inumeráveis turmas de serviço que prestavam cooperação, em situações daquela natureza, mormente à noite, quando as atividades de auxílio são mais intensas.

Não demorou muito tempo e Milene retornou com Joanes, enlaçado em Aparício, como se, dessa forma, estivesse garantindo o vital socorro ao irmão Petrus. À chegada do grupo, Apolo examinou, num relancear de olhos, a condição do doador. Quando identificou Aparício — já sabedor de seu excelente equilíbrio, mantido em suas mais recentes encarnações —, apressou-se em obter a sua colaboração magnética. Levou-o até a cabeceira do moribundo e, tomando-lhe as mãos, afirmou:

— Aparício, não temos um segundo a perder. Coloque ambas as mãos na fronte do enfermo e conserve-se em oração.

Sem pestanejar, como um veterano em semelhantes serviços de assistência, Aparício concentrou-se de forma a ignorar tudo e todos os que se encontravam à sua volta.

Fixou-se unicamente na tarefa que lhe havia sido confiada, enquanto Apolo passava a atuar como verdadeiro magnetizador, qual médico experiente no ingente esforço da transfusão de sangue, transferindo vigorosos fluidos de Aparício para o organismo de Petrus.

De repente, para surpresa dos presentes, que já se resignavam à derrocada final, diante da face lívida e cadavérica do enfermo em crise, o semblante de Petrus começou a se transformar, gradualmente. As mãos do mestre Apolo, qual habilidoso cirurgião, se utilizavam do suporte de Aparício para desobstruir os entupidos vasos sanguíneos, afastando o risco da iminente ruptura. A cor do rosto de Petrus foi ressurgindo, à medida que o instrutor movimentava as mãos sobre o seu cérebro.

A forma perispiritual, que havia se distanciado, foi gradativamente se juntando, novamente, à forma física, num processo de integração harmoniosa com as células, uma por uma.

Após quarenta e cinco minutos de desmedidos esforços, os trabalhadores estavam extenuados. Com o cuidado devido, Filippo e Milene, com os agradecimentos e as bênçãos de Apolo, levaram o espírito de Aparício de volta ao seu corpo, para a devida recuperação dos fluidos consumidos no sublime gesto de doação.

As três pequenas meninas, que puderam acompanhar todo o processo, diante do assombro de Francesca e Janis, arrojaram-se novamente, genuflexas ao solo, no que foram acompanhadas pelos pais, orando, agradecidas, pelas bênçãos da noite.

Petrus ressonava sem qualquer sobressalto. Estava salvo!

***

Mesmo com suas energias quase esgotadas, os fiéis discípulos de Apolo abraçaram-no, respeitosamente, em regozijo por mais uma batalha vencida.

Antes que a divina caravana partisse, Jonakin dirigiu-se a Apolo:

— Mestre! Poderíamos contar com o seu retorno, ao tempo devido, para finalizarmos o trabalho de reconciliação dos dois irmãos? Entendemos que, no prazo máximo de uma semana, Joanes e Petrus estarão nas condições devidas para receber suas palavras de esclarecimento.

— Jonakin! Nossas palavras seriam vãs. Embora com algum esclarecimento, nós ainda não sabemos amá-los como se fossem nossos irmãos ou nossos filhos. Para nós, de raciocínio algo avançado, mas de sentimentos não tão sublimes, são eles dois doentes desafortunados, nada mais do que isso. Demos de nós a eles o que foi possível, isto é, apenas do que dispomos, dentro dos nossos limites de aquisições, no domínio do conhecimento.

Jonakin e Filippo, embora procurando entender as ponderadas palavras de Apolo, ainda insistiram para que se estabelecesse, depois de alguns dias de recuperação — após aquele glorioso embate —, o esclarecimento verbal dos dois seculares inimigos, aproveitando o momento em que, aparentemente, se revestiam de equilibrados sentimentos, depois de séculos de frustradas tentativas de harmonização.

— O conhecimento auxilia por fora, mas só o amor socorre por dentro — acrescentou mestre Apolo tranquilamente. Somente os que amam conseguem atingir as causas profundas das mazelas de nossos desventurados irmãos. Eles precisam de intervenção que modifique suas atitudes mentais de forma definitiva. Nós, por enquanto, apenas conhecemos, mas não sabemos amar.

— Dentro de uma semana, após a recuperação das forças dos nossos enfermos, ambos deverão ser encaminhados ao entendimento da reunião de Leonardo e Paola. Lá receberão, de entidade de minha confiança, portadora do divino amor fraternal que ainda não temos, o esclarecimento definitivo.

46 – Depois da tempestade

Antes de partir para a sua morada espiritual, Apolo traçou recomendações *pós-operatórias*, que deveriam ser seguidas rigorosamente em relação ao convalescente, tanto pela equipe espiritual protetora, como pelos encarnados, regras que estavam sendo assimiladas por Lorraine e suas irmãs, pelas vias da sensibilidade intuitiva.

Apolo aproximou-se novamente de Joanes, que, instintivamente, tentou ajoelhar-se diante da grandiosidade espiritual do seu interlocutor, no que foi impedido pelo mestre. Pegou em suas mãos, olhou demoradamente para aquele sofrido rosto, com vincos por quase todo o seu vergastado organismo e nada disse. Novamente saltaram de seus braços chispas de luz, que se distribuíram por todo o corpo perispiritual do atônito e desditoso irmão, renovando suas energias, o alcance de sua visão espiritual e, ao mesmo tempo, sustentando suas latentes disposições conciliatórias, concitando-as ao definitivo despertamento.

Uma verdadeira força-tarefa seria levada a efeito durante as duas semanas preparatórias, a que havia se referido Apolo, antes da chegada da entidade que seria por ele enviada para os esclarecimentos definitivos de Joanes e Petrus.

Filippo e Sofie permaneceriam ao lado de Petrus, alternando-se no suporte fluídico necessário à sua plena recuperação.

Milene continuaria cuidando dos Valverdes, protegendo-os, intuindo-os, tanto em sua lida diária, quanto nos momentos de oração e transmissão de fluidos vitais ao convalescente.

Viviana, Palominas e Lorraine, logo cedo, antes de partirem para suas obrigações escolares, reuniram-se em torno da cama de Petrus. Ao voltarem da escola os cuidados se repetiram e, antes do sono da noite, tornaram a formar um pequeno triângulo, de mãozinhas dadas, orando intensamente pelo irmão.

Na tarde do dia seguinte ao tratamento de Petrus, as pequenas vieram com novidades. Contaram à professora Paola o esforço que estavam dedicando em favor do irmão e a convidaram para a oração daquela noite.

Ela iria participar do Evangelho no Lar, providência que foi bem recebida pelos pais, que não mais se surpreendiam com as iniciativas maduras de suas pequenas filhas.

No começo da noite, lá estavam Leonardo e Paola, para lhes prestar apoio e ajuda espiritual. A partir daquele mesmo dia, o Centro Espírita, de cujas atividades participavam, iria emitir vibrações magnéticas para a casa dos Valverdes, buscando a harmonização de energias de todos os envolvidos naquele drama doméstico.

Pai e filha, ao serem recebidos pelas três criancinhas, já sentiram o agradável ambiente magnético por todos os recantos da casa, bem diferente daquele que Paola havia encontrado em sua primeira visita.

Jonakin ficara incumbido por Apolo de permanecer o tempo todo ao lado de Joanes, para sustentar as emanações espirituais que lhe haviam sido transmitidas pelo mentor, exatamente para que ele não sofresse nova recaída e pusesse a perder todo o trabalho realizado, cujos resultados começavam a aparecer de forma positiva, em direção à recuperação duradoura.

Não teve muito trabalho em sua missão. Motivado pelo permanente feixe de fluidos mantido pelos protetores, tanto da dimensão espiritual, quanto dos que conviviam na residência dos Valverdes e, agora, com o apoio de Leonardo e sua filha, Joanes parecia ter mudado suas disposições, depois do choque emocional por que passara na operação salvadora de Apolo.

— *Quando nosso espírito apreende alguma nesga da glória universal, desperta para as mais sublimes esperanças*, ensina André Luiz, em seu livro *Entre a Terra e o Céu.*

E assim, o salutar ambiente implantado pelos mestres espirituais foi mantido, até que, para alegria de todos, uma semana depois Petrus teve disposição para levantar-se e participar do Evangelho no Lar da família Valverde.

Faltava, agora, a providência final prometida pelo mestre Apolo.

47 – A incomensurável força do bem

Duas semanas depois da salvadora intervenção de mestre Apolo, encarnados e desencarnados ligados à família Valverde dirigiram-se ao Centro Espírita Amor e Luz. O motivo daquele encontro, obviamente conhecido pelo leitor e por todos que ali se encontravam, era a reconciliação entre Joanes e Petrus, depois de séculos de brigas, assassinatos, humilhações e crueldades recíprocos.

Depois da primeira reunião mediúnica, da qual participara apenas Joanes — em que havia sido tocado em suas recônditas fibras emocionais —, e de sua heroica intervenção, que teve preponderante importância na libertação de Petrus do acidente vascular que o iria conduzir à morte, muitos esforços foram despendidos por dezenas de mensageiros do Alto, para que, em nome de Deus, se pusesse termo definitivo à rixa que se iniciara na idade média, por ocasião do feudalismo, e se mantivera até os dias atuais.

Assinalavam-se perspectivas otimistas, diante dos recentes acontecimentos. Estariam os dois irmãos, depois de tantos embates, sofrimentos, encarnações expiatórias e inúmeras situações extremamente dolorosas e humilhantes, prontos para depor suas armas e sintonizarem com a Bondade Divina?

Se, por um lado, Joanes havia dado o primeiro passo, Petrus reconhecia os recentes esforços carreados para salvá-lo do iminente desencarne.

Cientes de todas as informações prestadas pelos mecanismos que lhes foram disponibilizados, Jonakin e Filippo não estavam tão otimistas, porquanto *já haviam visto aquele filme antes.*

Por muitas vezes, aqueles teimosos oponentes haviam prometido *a Deus e a todo mundo*, e para eles mesmos, que era chegada a hora de se comportarem como irmãos. Infelizmente, depois retomaram pernicioso comportamento, que alimentou aquela contenda sem fim.

Receavam os dois mensageiros de Apolo que, *da boca para fora*, assinassem um armistício, para, depois, tornarem a se desentender.

Essas pessimistas lucubrações de Jonakin e de seu fiel companheiro, no entanto, não estavam levando em conta expressas instruções superiores, já de conhecimento dos dois briguentos, para que *fossem entregues à própria sorte*, caso não se abalançassem à retificação de seus infelizes gestos.

Faça-se justiça, no entanto, aos progressos alcançados. O quadro dantesco encontrado por Jonakin e Filippo, no início daquela empreitada, havia se modificado completamente. Que é daqueles recíprocos algozes que se mordiam e se amaldiçoavam, mesmo dentro do mesmo ventre materno, na encarnação como irmãos siameses?

Sim, havia esperanças de solução daquele caso interminável. E essa convicção se fortaleceria para os dois servos do bem, se eles soubessem da arma secreta preparada por Apolo, para aquela parte final do serviço.

Era muita gente remando para o mesmo lado, contra uma correnteza cruel, sustentada por aqueles dois infelizes, por tantos séculos. Não era possível que ainda lhes restasse alguma resistência contra a incomensurável força do bem.

48 – Antes que seja tarde demais...

Reconcilia-te depressa com o teu adversário, enquanto estás no caminho com ele...

Mateus, 5:25

Os verdinhos são voluntários que visitam hospitais, levando conforto a doentes e apoio aos seus acompanhantes. Receberam esse carinhoso nome por causa da cor do jaleco que vestem.

Doutor Gualberto é oncologista em um desses hospitais. Tornou-se amigo dos voluntários e, ao final do seu plantão noturno, passa pela casa de apoio para tomar um cafezinho e ganhar energia para o dia que se inicia.

Apesar da dura jornada, Gualberto tem sempre um sorriso no rosto e alguma história pitoresca para contar. Naquela manhã, porém, todos notaram sua inabitual seriedade, o que valeu, imediatamente, a solidariedade de toda turma ali presente. Entre uma pausa e outra, uma lágrima disfarçada e um sorriso meio sem graça, Gualberto narrou a conversa que, naquela madrugada, havia tido com um paciente.

— Doutor Gualberto, sei que meu fim está chegando — disse um senhor de oitenta e dois anos, em estado terminal na UTI.

— Que é isso, Otávio? — retrucou profissionalmente Gualberto. Estamos passando por uma pequena crise, mas logo, logo, você estará de volta ao quarto do hospital e dali para casa.

— Obrigado pela tentativa, Doutor, mas, já estou vendo vultos de meus antepassados. E isso é realmente o anúncio do fim.

Gualberto, que já havia lido muito a respeito da morte, principalmente dentro dos postulados espíritas, exatamente para ter argumentos para casos como o de Otávio, sabia que o paciente terminal tinha razão. O bonde da morte já havia estacionado no caminho dele.

— Pelo amor de Deus, Doutor Gualberto. Dê-me pelo menos mais um dia de vida. Não posso morrer assim...

— Assim como, Otávio?

— Sem me reconciliar com meu filho. Muitos anos atrás tivemos uma desavença, daquelas em que um não olha mais para a cara do outro. Não vi meus netos nascerem, nem acompanhei o seu crescimento. Arrependo-me amargamente de ter sido tão duro e intransigente. As enfermeiras da alma, a doença e, agora, a morte, abriram meus olhos. Tornei-me espírita e não posso partir sem ao menos pedir perdão para meu filho.

Lágrimas corriam no rosto do médico, emoção que contagiou os *verdinhos* ali presentes.

— No plantão desta madrugada — confessou Gualberto aos seus improvisados confidentes — tive a confirmação do que venho pensando há muitos anos. De nada adiantam a posição social, a riqueza, a fama ou o prestígio político. Meu paciente está no fim de suas ilusões. A única coisa que almeja, e não sei se terá tempo para isso, é partir desta vida de bem com seu filho. Será que todos nós já temos noção dessa realidade? Gualberto levantou-se, deixou os *verdinhos* daquela manhã cabisbaixos, refletindo naquelas palavras, uma lição de vida.

***

Para alegria e alívio dos *verdinhos* que ouviram a dramática narrativa do Doutor Gualberto, naquele mesmo dia o filho de Otávio foi visitá-lo no hospital.

— Felizmente — arrematou Gualberto uma semana mais tarde — Otávio partiu em paz.

***

No livro *Nosso Lar*,[53] encontramos o autor em plena atividade nas câmaras ligadas ao Ministério da Regeneração. Estava nas proximidades do grande portão, aguardando os *Samaritanos*, que chegariam com grande leva de espíritos resgatados do umbral, quando ouviu uma saudação:

— André! Você aqui? Muito bem! Que agradável surpresa!

Quem assim se dirigia era o velho Silveira, um dos componentes da caravana dos *Samaritanos*. André reconheceu imediatamente aquela pessoa que, na Terra, fora despojada, por seu inflexível pai, de todos os seus bens, inclusive os pessoais, e fora lançado, juntamente com sua família, à ruína financeira completa.

André ficou acanhado, porquanto lembrou-se de que ele próprio também encorajara o seu pai o consumar a cruel providência. Ali, na espiritualidade, onde a sinceridade transparece de todos os semblantes, não havia lugar para

André se esconder, nem havia possibilidade de fingir,.

Silveira, cautelosamente, identificou o seu profundo constrangimento e se afastou. André Luiz procurou Narcisa, a generosa mentora que sempre o ensinava e o atendia nas horas difíceis e descreveu o encontro.

— Aproveitou o belo ensejo, André? — indagou Narcisa. Desculpou-se com Silveira?

André Luiz percebeu naquele momento que, se desperdiçara a grande oportunidade de reconciliação, ainda quando estava encarnado, não poderia perder aquela nova chance que Deus colocava em seu caminho. Se não se abalançara a reparar seus erros na Terra, era a hora, agora, de procurar retificar, pelo menos em parte, os desvios do passado, com a luz dos novos entendimentos.

— Vá, meu caro, e abrace-o, aproveite o momento, porque Silveira é ocupadíssimo e talvez não se ofereça tão cedo outra oportunidade.

Diante daquela oportuna advertência, André correu ao encontro de Silveira e, emocionado, com os olhos úmidos, falou abertamente, rogando que perdoasse seu pai e a ele, pelas ofensas e os erros cometidos.

Silveira abraçou-o generosamente e rematou, paternal:

— Não perca tempo com isso. Em breve quero ter a satisfação de visitar seu pai, junto com você.

André sentiu nova alegria em sua alma, como se divina luz se acendesse num dos escaninhos escuros de seu coração.

***

Numa das mais tocantes cenas do filme *Esqueceram de Mim*, lançado em 1990 pelo diretor Chris Columbus, o personagem Kevin, do ator Macaulay Culkin, estava em uma igreja, ouvindo um coral de crianças entoar músicas de Natal. Aproximou-se um personagem assustador, o idoso Marv, vivido pelo ator Daniel Stern.

Kevin a princípio se assustou, como aconteceria com qualquer criança de oito anos que tivesse ouvido os falsos boatos sobre o seu vizinho. Surpreendeu-se quando ele, sorrindo, lhe dirigiu a palavra:

— Feliz Natal! Posso sentar-me? — disse, educadamente.

Seguiu-se um importante diálogo, que procurarei, caro leitor, resumir, passando-lhe a mensagem que realmente importa à proposta deste capítulo.

Marv disse que uma das pequenas cantoras ali presentes era sua neta. E que lamentava, porque naquela noite de Natal não poderia visitá-la.

Kevin ficou curioso e indagou-lhe:

— O senhor terá outro compromisso?

— Não — diz o velho. Tempos atrás eu me desentendi com o pai dela, meu filho, e desde então nunca mais nos falamos.

— Por que não telefona para ele e o convida para vir à sua casa, nesta noite?

— Tenho medo — diz Marv. Acho que o meu telefonema não seria bem recebido.

Com inusitada sabedoria, nada própria para um menino de oito anos, Kevin argumentou que ele próprio havia superado um grande medo que tinha de ir ao porão de sua casa. E que reunira todas suas forças e, com coragem, conseguira vencer esse medo. Que ele deveria fazer o mesmo, pois numa noite de Natal um pai não poderia guardar mágoas de um filho e muito menos ficar longe de sua neta.

E o que vimos, caro leitor, ao final do filme, foi um emocionante aceno, grato e reconhecido, de longe, quando Marv era abraçado por seu filho e por sua neta, na noite de Natal. Ele havia seguido os conselhos do menino e se reconciliara com sua família.

***

Esse final feliz, todavia, não aconteceu entre os escritores Mário de Andrade e Oswald de Andrade. Muita gente os supõe irmãos. Deveriam ser, muitos os consideravam cada um a metade de um mesmo todo. Foram amigos durante uns poucos anos e logo tomaram rumos diversos. O período de amizade foi menor do que o da inimizade.

[54]Faziam parte do grupo dos cinco — Anita Malfatti, Tarsila do Amaral, Menotti Del Pichia, Oswald de Andrade e Mário de Andrade — destacados participantes da Semana de Arte Moderna, realizada no Teatro Municipal, em fevereiro de 1922, que jogou São Paulo para o centro da renovação artística e cultural do país. Nunca antes, e nunca depois, a cidade reuniu um grupo de jovens capaz de fazer tanto barulho.

Os seus temperamentos eram diferentes. A rusga se

tornou briga, que ocorreu definitivamente em 1929, e jamais foi esquecida. Com isso, preconizaram uma das contendas mais tristes da história da cultura brasileira.

Brincadeiras ferinas e provocações de Oswald causaram o rompimento entre os dois Andrade. Oswald se arrependeu, chorou amargamente quando Mário morreu, e ficou triste de não ter podido se reconciliar com ele, antes disso. Reuniram-se, enfim, depois da morte, no Cemitério da Consolação, em São Paulo.

***

Otávio, o paciente do médico oncologista Doutor Gualberto, André Luiz, autor de *Nosso Lar*, o personagem Marv, de *Esqueceram de Mim* e, finalmente, o escritor Oswald de Andrade, viveram situações em que poderiam e deveriam ter perdoado, superado o orgulho e se reconciliado com seus desafetos. Alguns aproveitaram essas oportunidades em vida, outros, talvez com muito maior dificuldade, só tiveram esse ensejo depois da morte.

***

Como seria o futuro dos inveterados Joanes e Petrus? O da reconciliação ou o da manutenção dos enraizados ódios do passado, desperdiçando mais uma preciosa oportunidade que a vida lhes proporcionava?

49 – Uma coroa brilhante

Na hora aprazada, estavam todos reunidos no Centro Espírita Amor e Luz, inclusive, para surpresa e alegria de todos, Petrus, que quinze dias antes estava prostrado em uma cama. Ainda um pouco abatido, mas sorridente e otimista, concordara, de bom grado, em comparecer à reunião, trazido por seus pais, com o incentivo das irmãzinhas que, pela idade, não puderam comparecer, mas ficaram amparadas pela protetora Sofie.

Abrindo a reunião, Leonardo pediu a Paola que fizesse a prece inicial dos trabalhos:

— *Mestre Divino, abençoe a reunião nesta casa de paz e serviço. Graças à sua bondade, recebemos a sublime dádiva do trabalho regenerador. Somos, porém, ainda, espíritos extraviados no sofrimento expiatório, depois dos crimes impensados em que nos envolvemos no passado e que ainda doem em nossas consciências.*

— *Saudamos a sua glória divina, agradecidos pelo reconforto. Conceda-nos a assistência dos seus abnegados e sublimes protetores, a fim de que não nos distanciemos dos bons propósitos.*

— *Ajude-nos, para que as dores sejam interpretadas como remédios para a nossa indisciplina e socorra os irmãos que aqui comparecem, para que superem suas irresponsabilidades e suas mágoas, que dificultam a própria regeneração.*

— *Permita que os seus bons mensageiros aqui compareçam, para que todos os trabalhos da noite se desenvolvam sob as suas bênçãos e que prevaleça a vontade de Deus e não a nossa.*[55]

Após a sentida prece, que preparou o ambiente e sensibilizou tantos os encarnados, como os desencarnados presentes, Paola sentiu perfeitamente as suaves vibrações de angelical entidade que iria se comunicar por seu intermédio.

Feliz pela deferência da espiritualidade, que detectou nela as condições ideais para aquela nobre aproximação, a médium disponibilizou plenamente suas faculdades, buscando facilitar ao máximo o intercâmbio com os irmãos ali presentes.

O ambiente começou a saturar-se de suave luz, inundando cada canto daquela humilde casa e, depois, todos os participantes daquele encontro, principalmente Petrus, que estava sentado em uma das cadeiras, e o Espírito de Joanes, trazido por Jonakin, Filippo e Milene.

Um clarão enorme se fez, anunciando a presença de algum mensageiro de elevada hierarquia espiritual. Radioso halo circundava-lhe a cabeça, anunciando enorme poder magnético a exteriorizar-se naturalmente. O ambiente ficou impregnado de inebriante perfume, num verdadeiro prodígio completado por cores e luzes harmoniosas.

O brilho se amenizou e permitiu vislumbrar-se a figura de nobre mulher, que irradiava raios, como se originassem de um reservatório de luz. Aos olhos dos atônitos espectadores, encarnados parcialmente libertos do corpo físico, ou com o dom da vidência, e desencarnados, parecia que a figura feminina estava adornada por uma coroa brilhante e bela.

O elevado Espírito de Antonela ali estava para ministrar suas instruções, por intermédio da mediunidade de Paola. Ela era a portadora do divino amor fraternal de que o próprio mestre Apolo não se considerava em condições de transmitir.

Ao seu sutil sinal, Jonakin e Filippo intuíram Leonardo para preparar um outro médium ali presente, que iria também permitir a manifestação de Joanes.

Antonela iria dialogar pessoalmente com Joanes e Petrus e queria que todos os envolvidos naquela missão salvadora acompanhassem a conversa.

***

[56]— Que a paz de Jesus esteja com todos — saudou a mensageira. Quero felicitá-los pelo excelente trabalho realizado com os nossos dois irmãos Joanes e Petrus, que permitiu a providencial intervenção do nosso respeitado mestre Apolo, que me convocou para esta reunião.

Leonardo, pelas vias intuitivas, expressou a palavra daquele grupo, incluindo os desencarnados, que vinham se dedicando àquela missão socorrista:

— O esforço destes trabalhadores resumiram-se aos meros preparativos para o seu trabalho, nobre mentora.

— Espero que os irmãos se mantenham nesse bom ânimo, pois, da minha parte, procurarei atender tão somente os singelos deveres que um coração materno pode desempenhar.

Antonela postou-se em atitude de oração, concentrando-se em Petrus, que se encontrava ainda estado de vigília e, por intermédio do aparelho mediúnico, em Joanes, não plenamente consciente do andar dos acontecimentos.

A organização perispiritual da mentora absorveu a claridade maravilhosa originada da oração, represada em seu ser. Dos olhos, do tórax e de suas mãos efluíam irradiações de suave luz. Nesse momento, Antonela estendeu as mãos para os dois desventurados, atingindo-os com o seu amoroso magnetismo, modificando seus campos vibratórios.

Naquele instante, Jonakin rogou o concurso de Leonardo e acercou-se de Petrus, que, ante o influxo vibratório de Antonela, foi acometido de parcial transe, com certo grau de dissociação psíquica, que se refletiu imediatamente em regiões específicas de seu cérebro.

A partir daquele momento, Jonakin, do plano espiritual, e Leonardo, dirigente daquele grupo mediúnico, iriam dar o suporte magnético de que Antonela necessitava para cumprir sua missão.

De outra parte, Joanes, amparado por Filippo e Milene, com suas percepções dilatadas ao influxo magnético de Antonela, associou-se psiquicamente ao médium, que lhe ofereceu, de bom grado, a passividade necessária à sua comunicação. Da mesma forma que Petrus, Joanes se viu em parcial desfalecimento.

Após aquelas rápidas operações iniciais, Paola sentiu-se envolvida pelas amoráveis vibrações da benfeitora e se viu lançada em profundo transe, o que, provavelmente, suprimiria suas futuras lembranças, em processo de parcial amnésia.

Iniciaram-se os trabalhos dirigidos pela irmã Antonela.

50 – O poder do amor

Entre o respeito e o temor, Joanes e Petrus sentiram indisfarçável e forte abalo. Pareciam presenciar milagrosa aparição. Naquele momento, ambos reconheceram o poder divino de que a emissária era dotada e julgaram que estivessem diante da excelsa mãe de Jesus. Tanto um, quanto outro, imediatamente passaram a se desfazer em copiosos prantos, ao tempo em que se pronunciavam como indignos de semelhante visita.

Antonela envolveu-os com amorável abraço e esclareceu:

— Não sou quem vocês julgam e sim simplesmente uma irmã na eternidade. Sei o quanto vocês dois sofreram e vêm sofrendo. Estou aqui para pôr término a esse calvário, se assim vocês também quiserem.

Cada um de per si, incentivado pela oportunidade oferecida por aquela que julgavam lídima representante da vontade celeste, passou a arrolar suas desventuras, seus ódios e seus imensos débitos. Julgavam-se indignos da condolência da emissária divina.

— Nunca é tarde para levantar o coração e curar a consciência ferida. Vim ao encontro de vocês para estimulá-los à regeneração, na certeza de que já passei por situações semelhantes e não fiquei incólume, no passado, às mesmas correntes do pântano.

— A sua atitude generosa, Joanes, ao providenciar eficientes recursos para salvar seu irmão Petrus, nos deixou muito felizes e foi a pedra de toque para que minha presença aqui fosse possível. E sua disposição, Petrus, de apenas se defender e não mais fomentar as velhas guerras, até há pouco tempo em franca deflagração, habilitaram-no ao descortino de suas demências.

De um lado, Petrus se manifestou:

— Mãe do Céu, ninguém na Terra jamais me falou assim...

E se percebia o alívio em seu esgazeado olhar, sob o amparo de Leonardo e Jonakin.

De sua parte, Joanes, pelo aparelho medianímico assim se manifestou:

— Merecerei tamanha graça?

A essa altura, todos ali presentes, da Terra e do espaço, à exceção dos dois médiuns que viabilizavam aquela preciosa conversa e que se encontravam em estado de quase total alheamento aos acontecimentos da noite, sentiam lágrimas brotarem de suas mais íntimas emoções, ao presenciar as transformações daqueles empedernidos corações.

Antonela desligou-se calmamente do amplexo mediúnico de Paola e beijou-a respeitosamente. Ela já perfeitamente consciente, sem mesmo aquilatar a importância de sua participação naquele processo redentor, sentiu-se envolvida por uma nuvem de carícias com que a mentora manifestou o seu agradecimento e se despediu.

A seguir, os braços maternais de Antonela conchegaram Petrus ao seu coração, em inesperado abraço, revestido da meiguice do reencontro da mãe com seu filho ausente, o que fez com que ele, novamente, se desfizesse em grossas lágrimas.

A emissária avançou para Joanes e o sustentou nos braços, como se lhe fora um filho doente, e disse:

— Jonakin e Filippo. Agradeço muito a ajuda de vocês, sem a qual esta tarefa não lograria o êxito de que agora estamos usufruindo. Rogo-lhes uma última ajuda, para este caso, auxiliando-me a conduzir Joanes para as paragens de sua recuperação.

Do tórax de Antonela partiram radiosos feixes de luzes, que inundaram o ambiente, em forma de agradecimento a todos os valorosos trabalhadores daquela seara abençoada

— Agradeço, mãe amorosa — falou comovidamente Joanes. Não foram suas palavras que me convenceram e sim o seu sentimento me fez mudar de vida. Liberte-me, por caridade, de minhas próprias paixões.

Continuando com Joanes em seus braços, Antonela despediu-se:

— Irmãos, agradeço-lhes o concurso fraterno. Nosso amigo sofredor seguirá em minha companhia. Espero localizá-lo em terreno de atividade restauradora.

Retirou-se a mensageira, conduzindo o transviado

como se lhe fora precioso fardo, deixando para trás um rastro de luz que se exteriorizava de seu espírito.

***

O coração que ama está cheio de poder renovador.

André Luiz[57]

4

QUARTA PARTE

O amor transforma

51 – Valorosos trabalhadores

[58]Décadas depois daquela memorável reunião no Centro Espírita Amor e Luz, Jonakin e Filippo tinham, diante de si, dois trabalhadores que gozavam do respeito das esferas superiores, prestes a integrar nova equipe de mentores.

Muito tempo, sofrimento, dedicação e lutas interiores haviam decorrido. Desde o compromisso assumido com a nobre mentora Antonela, Joanes e Petrus se superaram e se transformaram. E mais importante, tornaram-se verdadeiros irmãos, realmente amados irmãos!

Na espiritualidade, depois de retornarem da encarnação como xifópagos — existência, aliás, *salva*, graças à interferência decisiva de Apolo, Antonela e sua valorosa equipe —, passaram a abnegadamente amparar irmãos transviados e sofredores.

Estudaram muito, aproveitaram as preciosas oportunidades dos centros da espiritualidade, adquiriram respeitável aprendizado e se tornaram companheiros infatigáveis em grandes realizações.

Depois de vários decênios de lutas e sinceras demonstrações de bondade e fraternidade, abriram-se-lhes preciosas oportunidades de evoluírem para esferas mais altas, para aperfeiçoamento de seus ideais nobres.

Embora plenamente dedicados ao bem e afinados com os altos propósitos da espiritualidade maior, algo os incomodava. E, a cada vez que tinham alguma dúvida ou se defrontavam com dificuldades, recorriam a Jonakin e

Filippo, que se tornaram seus preceptores e amoráveis conselheiros.

— Estamos muito felizes com o progresso de vocês — disse Jonakin, iniciando conversa fraternal.

— E estamos gratificados com a notícias da oportunidade que estão tendo de alçarem voos mais altos em suas jornadas evolutivas — reiterou Filippo.

— Sim — continuou Joanes —, graças à ajuda de vocês e ao apoio do mestre Apolo e da irmã Antonela, pudemos superar muitas dificuldades.

— Não podemos nos esquecer de tanta gente que nos ajudou, como Francesca e Janis... — disse Petrus.

— Leonardo e Paola — lembrou Joanes.

— E das dedicadas Viviana, Palominas e Lorraine, que reencarnaram somente por nossa causa e nos acompanharam, como verdadeiras madrinhas, durante anos... — continuou Petrus.

— E outros espíritos que passaram a fazer parte de nossa família espiritual, como Milene, Sofie e Aparício, que auxiliaram em nosso despertar e progresso.

— Realmente vocês caminharam bastante e agora devem estar felizes pela nova oportunidade que surgiu de galgarem novos degraus... Não se esqueçam de que, quanto maior o nível evolutivo, mais trabalho e maior responsabilidade pela frente... — arrematou Jonakin.

— Estamos cientes de tudo isso — voltou a faltar Joanes. Ocorre que estivemos fazendo algumas reflexões e detectamos algo sério que ainda nos incomoda. Estamos preocupados!

— Com o quê? — indagou Jonakin.

— Ainda não temos plena lembrança do nosso passado — argumentou Petrus — e talvez por isso guardamos o sentimento de que ainda não somos merecedores de subirmos de grau em nossas atribuições de trabalho.

— Em nossas reflexões — voltou a falar Joanes —, às vezes nos acorrem incômodas imagens que não sabemos explicar e muito menos sabemos qual a origem.

Jonakin e Filippo se entreolharam. Sabiam que esse era um sintoma característico de almas prestes a trilhar novos caminhos. Sentiam-se ainda, de certa forma, culpados, sem saber exatamente do quê.

Avançaram na conversa, que poderia servir de argumentação junto às autoridades espirituais superiores, para dissipar aquelas inoportunas dúvidas, ou para indicar os caminhos adequados para solucioná-las.

— Talvez essas más impressões se dissolvam com o tempo e com o trabalho nas novas funções que lhes serão atribuídas.... — ponderou Filippo.

— Afinal de contas — voltou a argumentar Jonakin —, até onde sabemos, vocês foram perdoados de todos os seus desacertos do passado...

— Sim, talvez perdoados por nossas vítimas, mas não limpos. E, o mais importante.... — acentuou Joanes.

— Sentimos que existem coisas do pretérito que não obtiveram o nosso próprio perdão. Não nos sentimos ainda quites com a justiça divina! — terminou Petrus.

Era realmente um assunto muito sério, que, mesmo com a autoridade de Jonakin e Filippo, precisaria ser levado ao conhecimento de entidades superiores.

52 – Resgatando o passado

André Luiz nos fala, em *Nosso Lar*[59], do instituto da intercessão, segundo o qual portadores de créditos podem favorecer pessoas de sua relação, por laços de amizade e de sentimentos. Foi exatamente isso o que aconteceu com Jonakin e Filippo, quando pediram que Joanes e Petrus fossem recebidos pelo Ministério do Esclarecimento. Dali a uma semana ambos foram acolhidos com carinho por magnetizadores do setor de informações de vidas anteriores.

Na entrevista com os técnicos, logo ficou claro que o pleito era justo. Os motivos apresentados pelos interessados eram relevantes e não se prendiam à especulação ou à mera curiosidade. Argumentaram que não se sentiam à vontade para requerer novas modalidades de trabalho, sentindo que uma espécie de âncora os retinha em algum pântano de lama do passado.

A primeira observação feita pelos magnetizadores do Ministério do Esclarecimento foi que os dois espíritos que os haviam encaminhado — Jonakin e Filippo — já haviam tido acesso, quando se preparavam para a missão que os resgatou das sombras, a muitas informações sobre suas vidas anteriores.

Joanes e Petrus sabiam disso. No entanto, além de deter somente informações superficiais sobre os seus tutelados, os dois mentores não se sentiram autorizados a fazer qualquer revelação.

Lembraram ainda os técnicos do Esclarecimento que eles mesmos tiveram acesso a algumas informações, quando receberam as cargas magnéticas que ampliaram suas memórias, a fim de que se predispusessem à reconciliação.

Ademais — continuaram os anfitriões do setor de informações —, nem sempre reminiscências são úteis. Estariam Joanes e Petrus preparados para essas lembranças?

Não seria melhor continuarem com sua atividade profícua que estavam diligentemente desenvolvendo e aguardar que ocorresse o natural processo de compensação de débitos anteriores?

— Como já devem saber — esclareceu Marlon, o chefe do serviço de recordações —, se damos causa à prática do bem, neutralizamos o mal praticado no passado e, com isso, reconquistamos o nosso equilíbrio. Se persistirem no processo que abraçaram, com o tempo, o desconforto que hoje os incomoda desaparecerá.

Nesse momento, Jonakin, que, ao lado de Filippo, havia acompanhado os seus dois protegidos, pediu permissão ao nobre funcionário que os atendia para argumentar que todos esses alertas já haviam sido apresentados. E que ambos estavam determinados a passar por um tratamento mais intenso, que os habilitasse ao definitivo acerto de contas com a justiça divina.

— Estariam eles dispostos a enfrentar uma nova encarnação? — indagou seriamente o chefe do setor, estranhando tamanho empenho daqueles espíritos, que, para os padrões normais, haviam chegado há pouco tempo da Terra.

— Sim! Se os débitos que encontrarem no passado justificarem um novo mergulho na carne, para se colocarem quites com a lei, e puderem também ser úteis ao progresso do planeta, gostariam de pleitear a providencial medida.

Sem mais nada indagar, o prudente especialista passou a examinar as condições de Joanes e Petrus, mensurando cuidadosamente quais fases anteriores de suas vidas suportariam recordar.

Concluiu que o foco provocador de suas atuais inquietações se situava, provavelmente, entre os séculos XVI e XVII, e que eles teriam acesso a apenas ao período de alguns anos, nessa faixa de tempo, pois seriam incapazes de suportar mais lembranças.

Ainda assim, seriam disponibilizados apenas rápidos *flashes*, não suas histórias completas, que poderiam lhes trazer desconforto, comoções e embaraços.

— Quando o passado de um espírito está revestido de muitas situações traumatizantes — acentuou Marlon — e várias vidas precisam ser revolvidas, surgem obstáculos que, às vezes, nos fazem repensar as revelações. Em tais casos, manda a prudência que se aguarde o momento oportuno.

Servidores do setor retiraram os dois candidatos do recinto e mantiveram apenas Jonakin e Filippo diante dos monitores que iriam trazer as imagens pretendidas.

***

Marlon e seus assistentes, acompanhados dos dois mentores visitantes, passaram a analisar as informações que poderiam trazer algum proveito a Joanes e Petrus. Sucederam-se imagens do século XVI, época em que os irmãos foram educados pelos turcos e depois praticaram atos bárbaros que os comprometeram por várias vidas. Após analisadas, as informações foram filtradas e selecionadas, para se chegar exatamente aos pontos que agora os incomodavam e obstava a continuidade de seus planos evolutivos.

O foco da questão estava exatamente nos hábitos cruéis dos preceptores que passaram a impor seus costumes e sua língua a Joanes e Petrus. Ao participarem dos seus rituais de execução, as crianças, naquela época com a idade 10 e 11 anos, passaram a, regularmente, precipitar inimigos e prisioneiros do alto de uma fortaleza, localizada no território conquistado por Solimão.

Os mentores que reviviam aquelas cenas perceberam que os pequenos prisioneiros procuravam obedecer e agradar aos dominantes, até para que suas vidas fossem poupadas. Embora fossem atos reprováveis, de certa forma as circunstâncias lhes favoreciam com atenuantes. Não obstante, provocaram-lhes torturantes remorsos, além do sepulcro, temporariamente esquecidos, que agora teimavam em vir à tona de suas consciências.

Os dois interessados foram chamados de volta ao laboratório em que se encontrava Marlon, Jonakin e Filippo e os demais membros da equipe do serviço de recordações.

As imagens dolorosas que foram projetadas provocaram emoção e vergonha nos dois protagonistas. Marlon expôs a posição do Ministério, dizendo que, perto de outros graves delitos já quitados na fieira dos tempos, aqueles sob análise não deveriam representar exagerada preocupação naquele momento. Mesmo porque eram crianças e se encontravam sob o jugo do inimigo. Além disso estavam em guerra e não se sabia exatamente que lado era mais cruel, naquelas amargas circunstâncias.

Sob o apoio de seus protetores, Joanes e Petrus derramaram grossas lágrimas, expressando claramente seus remorsos, que estavam decididos a eliminar. Sob os olhares espantados de Marlon, os dois espíritos ajoelharam-se e pediram:

— Amigos espirituais que tanto estão nos auxiliando nesta escalada de volta ao equilíbrio! Rogamos mais uma vez suas intercessões, junto ao Departamento de Reencarnação. Estamos decididos a planejar novas vidas, que sirvam de definitivo paliativo às nossas defecções e, ao mesmo tempo, nos permitam contribuir para o progresso do planeta Terra — exprimiu-se Joanes.

— Somente assim — falou Petrus — poderemos criar condições para assumir novas funções decorrentes do andamento de nosso processo evolutivo, sem o peso da culpa.

Emocionados com a determinação e a sinceridade da dupla, que se estampava claramente em suas emanações perispirituais, Jonakin e Filippo levantaram os dois irmãos, que, até então, permaneciam ajoelhados. Iriam propor às autoridades superiores suas reivindicações.

***

Bem sabemos que, se uma onda sonora encontra outra, de tal modo que as "cristas" de uma ocorram nos mesmos pontos dos "vales" da outra, esse meio, em consequência aí não vibra, tendo-se como resultado o silêncio.

Assim é que, gerando novas causas com o bem, praticado hoje, podemos interferir nas causas do mal, praticado ontem, neutralizando-as e reconquistando, com isso, o nosso equilíbrio. Desse modo, creio mais justo incentivarmos o serviço do bem, através de todos os recursos ao nosso alcance.

André Luiz[60]

53 – Liquidando dívidas

[61]Joanes e Petrus procuraram e acharam. Agora precisavam se livrar da causa daquele incômodo remorso. Estavam reticentes e em dúvida quanto ao gênero de encarnação que iriam merecer, porquanto estavam conscientes de que nem sempre os projetos de vida obedecem aos desejos e sim às reais necessidades do espírito. Dirigiram-se ao templo da cidade espiritual em que estavam abrigados, com o objetivo de orar e pensar.

Embora não lhes pesasse qualquer dúvida quanto à decisão tomada, agora lhes batia o receio de não serem contemplados exatamente com o tipo de existência que esperavam.

Sabiam que a maioria dos candidatos, por força de dívidas passadas e com os mesmos tormentos de consciência que eles estavam vivendo, não alcançavam exatamente a prerrogativa com que almejavam, cabendo-lhes simplesmente aceitar, sem discutir, provas amargas, com mutilações e acidentes, distantes da temática pretendida.

No auge dessas incertezas, foram procurados por Jonakin e Filippo, que os encontraram em oração e meditação. Após verificadas suas fichas de trabalho, extraídas de seus campos mnemônicos, a partir da renovação de suas atitudes, importantes informações foram constatadas. Observou-se que, além das recomendações e intercessões dos dois mentores, os candidatos às novas encarnações eram detentores de créditos suficientes para ter seus desejos atendidos.

***

[62]Interessado no destino de Joanes e Petrus, Marlon, do setor de reminiscências do Ministério do Esclarecimento, procurou Jonakin e Filippo.

— Os caros amigos e instrutores irão acompanhar seus pupilos no planejamento de suas próximas vidas?

— Sim — respondeu Jonakin.

— Se precisarem, tenho bons amigos no Planejamento de Reencarnações, diretamente ligado às atividades do Ministério do Esclarecimento, ao qual estou subordinado.

— Agradecemos e aceitamos sua ajuda — respondeu Filippo.

— Não costumo interferir nas decisões de nossos consulentes — continuou Marlon —, no entanto, como estou perfeitamente informado das circunstâncias que redundaram na atual situação aflitiva desses irmãos, talvez eu possa ser útil, fornecendo informações que ainda estão vívidas em minha memória, para que tenham êxito nessa nova empreitada.

Sensibilizados com a solicitude e atitude prestativa do dedicado servidor, dirigiram-se os três ao departamento de preparação de novas experiências na Terra.

Lá chegando, foram amistosamente recebidos pelo assistente Manoel, que, por sua vez, os apresentou a outros técnicos das atividades reencarnacionistas, que logo se inteiraram do caso que os três mentores levaram para o setor.

Logo identificaram, em seus arquivos, a intervenção do mentor Otaviano que, sob expressas orientações recebidas do mestre Apolo, havia sido o responsável pelo projeto da pregressa encarnação dos irmãos sob análise.

Com detalhes que poderiam ter escapado à descrição de Jonakin e Filippo, Marlon destacou a iniciativa e a determinação dos dois candidatos e chamou a atenção, na ficha eletrônica disponibilizada e que iria nortear as condições das novas vidas, tanto para as atenuantes das falhas cometidas, quanto para as intenções nobres que estavam sendo consideradas naquela oportunidade de reingresso na experiência reencarnatória.

***

Chamo sua atenção, amigo leitor, para as condições especiais deste processo. Por que se abalançaram aqueles ocupados espíritos em comparecer, pessoalmente, para acompanhar as novas encarnações de Joanes e Petrus?

Com certeza essas intercessões, além do carinho e da simpatia pessoal, estavam respaldadas no mérito, no esforço despendido pela dupla, a partir do momento em que passaram a se dedicar ao bem, à verdade e à renovação de seus sentimentos. A intensa concentração no trabalho e as atividades nobres desenvolvidas pelos candidatos estavam dando ao trio de mentores o combustível necessário para que os irmãos recebessem aquele tratamento especial.

***

Após o rápido exame, Manoel dirigiu-se aos três visitantes:

— Entendemos que o processo reencarnatório dos dois postulantes não deverá guardar formatos habituais. Ao que tudo indica, eles estão em condições de receber as instruções pessoalmente. Será muito útil a participação deles, pois estarão se envolvendo e se responsabilizando pelos seus novos corpos e pelas condições a que terão direito na imersão futura.

54 – Importante entrevista

Nervosos por estarem aptos, pela primeira vez, a opinar sobre as condições de suas futuras vidas, Joanes e Petrus aguardavam ser atendidos por Manoel. De quando em quando, olhavam para seus protetores, que permaneciam serenos, por já ter acompanhado situações similares.

— Então estes são os nossos candidatos? Sejam bem-vindos ao nosso setor de trabalho. E, desde já, cumprimento-os por terem méritos suficientes para usufruir da atenção desses dois nobres companheiros — disse Manoel, ao recebê-los, referindo-se aos mentores que os acompanhavam.

A partir daí o assistente passou a discorrer sobre temas básicos relacionados com o retorno.

[63]— Normalmente o reingresso no plano material se processa em moldes padronizados, obedecendo à rotina evolutiva. No caso de vocês, entendemos terem condições culturais e discernimento para opinar e assumir responsabilidades, participando efetivamente de um processo individualizado, fugindo à regra geral.

— Naturalmente, não receberão o mesmo tratamento dispensado a missionários, patrocinados que são por altíssimas instituições espirituais, responsáveis pelo andamento evolutivo do mundo terráqueo. Não obstante, estamos confiantes que os dois enfrentarão as dificuldades com os valores da boa vontade, da perseverança e da sinceridade.

— Por essas constatações, estamos dispostos a ouvir de vocês sugestões, que, se justas, poderão ser consideradas por nossa equipe na montagem das engrenagens que nortearão as vidas que ora pleiteiam.

— Jonakin e Filippo já nos adiantaram alguma coisa. Poderiam nos dar mais detalhes a respeito de seus objetivos e propósitos?

Timidamente, os postulantes aproximaram-se e expuseram, a seu modo, o que desejavam, e o porquê de suas aspirações.

O ponto de convergência de suas inquietações estava situado exatamente nos rituais de execução de que participaram, quando eram prisioneiros de Solimão, por volta do século XVI, quando jogavam suas vítimas de grandes alturas em direção a fossos imundos, onde tinham morte horrível.

Com palavras simples — evidentemente sem a terminologia técnica dos especialistas com quem se relacionavam —, Petrus e Joanes disseram-se felizes por ter caminho aberto à execução de tarefas e enfrentamento de dificuldades, que, conforme seu entendimento, seriam úteis ao seu crescimento moral.

Se lhes fosse permitido, gostariam de postular atividades ligadas ao campo da aeronáutica, cujos projetos de construção de modernas aeronaves, com fins pacíficos, demandariam estudo, trabalho e, eventualmente, riscos de vida.

— Suas pretensões são factíveis — observou Manoel. Conscientizem-se e preparem-se, no entanto, para o fato de que, não obstante estarem se engajando voluntariamente neste programa de trabalho, isso não os eximirá das dificuldades e condições desagradáveis que dele decorrerão. Os serviços de retificação exigem aprendizado, concentração, determinação, persistência e constante ligação com os planos divinos.

— Sim — adiantou-se Petrus, secundado por Joanes, com o apoio de Jonakin e Filippo. Nossas sucessivas lutas em continuadas reencarnações já nos mostraram a necessidade da correção, renovação, restauração de valores e aperfeiçoamento de nossos sentimentos.

— A reencarnação é o meio — continuou o instrutor —, a educação é o fim. Todos nós ainda somos carentes de retificação de sentimentos e desenvolvimento de determinados valores. Se desperdiçamos, no passado, experiências da autoridade, da riqueza, da beleza física e da inteligência, devemos estar preparados para a eventual carência desses elementos, em nova oportunidade de trabalho retificador.

As providenciais instruções do elevado mentor foram aproveitadas pelos candidatos às novas experiências no campo terrestre e pelos seus acompanhantes, Jonakin e Filippo, que bebiam as palavras de Manoel como abençoado néctar de reafirmação de seus mais íntimos sentimentos.

55 – Sentimentos fazem diferença[64]

Assim que findou a decisiva entrevista com Manoel, os dois postulantes foram conduzidos a um departamento específico de reencarnação, onde se encontravam outros espíritos com dívidas semelhantes, e que também se preparavam para o retorno à carne.

Todos ali presentes teriam suas reinvindicações atendidas? Não necessariamente, visto que os créditos morais não eram os mesmos, assim como não eram iguais as intercessões de amigos abnegados que postulavam por eles.

Além disso, as várias fases que seriam percorridas determinariam as experiências mais adequadas aos componentes do grupo. Cada candidato, considerando-se o seu grau de entendimento, seria orientado para que escolhesse ou aceitasse sugestões de experiências com condições mínimas de sucesso, no retorno à nova existência.

Seguiram-se várias atividades, algumas em grupo, outras individuais. As coletivas abrangeram palestras de mentores categorizados, depoimentos de recém egressos da experiência terrestre, testemunhos de espíritos que haviam obtido algum sucesso em suas encarnações e, principalmente, dos que não haviam alcançado qualquer êxito e tinham consciência de suas falhas.

As atividades individuais compreendiam *flashes* de vidas anteriores de cada candidato — selecionados criteriosamente pelo serviço de recordações —, vídeos ilustrativos — semelhantes aos assistidos por Jonakin e Filippo, quando se preparavam para auxiliar seus protegidos —, conversas com sofredores — que já tinham noção das causas de suas dores — e análise das próprias falhas de caráter, selecionadas por cada candidato.

Este é um ponto para o qual chamamos a atenção do caro leitor. Se, por exemplo, um candidato à reencarnação teve problemas no passado com a administração de riquezas, com a vaidade, ou outro defeito já de sua consciência, poderia solicitar a presença de um orientador espiritual na área da psicologia a fim de encontrar os melhores caminhos para a superação de suas fraquezas.

Outra fase individual importante pela qual passaram os postulantes foi a análise dos erros cometidos em suas encarnações mais recentes. Também com o auxílio pontual e criterioso do responsável pelo setor de recordações, cada requerente teve acesso à lembrança das falhas incorridas, e suas respectivas consequências, com o saudável propósito de mudar de paradigmas.

Finalmente, depois de alguns meses de introspeção, noções teóricas de conduta, exames e reexames de várias situações, chegara o dia da entrevista final. Técnicos do setor de reencarnações, que acompanharam todos os preparativos de cada candidato ao processo de imersão, colocaram-se à disposição, para interlocuções que auxiliassem nas decisões finais.

***

Indagará, o caro leitor se esse planejamento é comum. Essa questão é respondida com precisão por André Luiz:[65]

Os processos de reencarnação, tanto quanto os da morte física, diferem ao infinito, não existindo, segundo cremos, dois absolutamente iguais. As facilidades e obstáculos estão subordinados a fatores numerosos, muitas vezes relativos ao estado consciencial dos próprios interessados no regresso à Crosta ou na libertação dos veículos carnais. Há companheiros de grande elevação que, ao voltarem à esfera mais densa em apostolado de serviço e iluminação, quase dispensam o nosso concurso. Outros irmãos nossos, contudo, procedentes de zonas inferiores, necessitam de cooperação muito mais complexa ...

***

Petrus e Joanes encaminhavam-se para a reflexão final sobre suas vivências passadas. Mais do que nunca, ressaltavam-se neles as melhores e mais confortadoras impressões, tendo em conta que estavam consolidados os seus propósitos, determinação e coragem, com que iriam enfrentar os futuros percalços que haviam escolhido.

Foram recebidos pessoalmente por Manoel, que se fazia acompanhar de Jonakin e Filippo, em ambiente alegre e fraterno. Antes que passassem à etapa final, com a redução de seus corpos perispiríticos, algumas surpresas lhes estavam reservadas.

Densa névoa começou a inundar o ambiente. Daquela semipenumbra começaram a surgir, um a um, os queridos companheiros de jornadas dos dois futuros reencarnantes, que ali estavam para abraçá-los e lhes desejar sucesso na nova empreitada.

Materializaram-se no recinto, guiados por Jonakin e Filippo, Sofie e Milene, Palominas, Lorraine e Viviana, e também Janis e Francesca, sendo que estes últimos se diferenciavam dos demais, pelas longas caudas espirituais que os mantinham ligados aos seus corpos materiais. As surpresas, no entanto, não parariam por aí.

56 – Irmã Antonela

Logo em seguida, o ambiente tornou-se novamente diferente e extremamente acolhedor. Uma suave luz chamou a atenção, inundando todos os presentes naquele departamento. Surgiu a face meiga e bela de irmã Antonela, seguida de um rastro de raios luminosos, portando sua respeitosa organização perispiritual.

Sua presença, irradiando bondade e submissão, tinha uma finalidade determinada. Abraçou a todos e dirigiu-se a Petrus e Joanes, na presença do grupo de amigos e mentores:

[66]— Queridos irmãos. Dentro de instantes vai se iniciar o importante processo de redução volumétrica de seus corpos perispirituais. Essa operação terá um papel muito importante na facilitação das tarefas dos seus espíritos, na nova encarnação. Além de propiciar a integração com os novos corpos físicos, determinará a gradativa perda de consciência, com o necessário esquecimento do passado, para que venham a adquirir a estabilização psicológica, diante das novas situações familiares e cármicas, necessárias ao progresso que almejam.

— Estou muito feliz de estar aqui, diante dessa maravilhosa operação preparatória, conduzida satisfatoriamente graças ao empenho, tanto de vocês, candidatos à nova experiência terrena, voluntários para um trabalho que lhes vai permitir novos avanços evolutivos, como por esses valorosos beneméritos do setor de reencarnações, que há séculos, aqui militam, salvando almas e elevando criaturas.

— É muito mais agradável a minha missão de hoje do que outras do passado, quando muitos de vocês já foram conduzidos por mim para dolorosas experiências, à custa de métodos rígidos e severos.

Jonakin, Filippo, Manoel, Otaviano — este, responsável pela operacionalização de uma das mais dolorosas encarnações de Joanes e Petrus — e Marlon — do serviço de recordações —, sabiam muito bem a quem eram dirigidas as palavras iniciais de Antonela, que, caridosamente, não citou nomes.

— Valorizem — continuou Antonela — o valioso auxílio à reencarnação que nossos companheiros estão lhes prestando, na certeza de que ele traduz o respeito com que devemos enaltecer o corpo físico, pelos benefícios que nos tem proporcionado através dos tempos.

— Se chegaram à empreitada que hoje se inicia, é porque já detêm inestimáveis méritos em serviço, além, é claro, das valiosas intercessões de seus amados companheiros e amigos, que lhes terão endossado as promessas no serviço regenerador.

— Não se deixem dominar pelas impressões negativas — continuou Antonela com carinho. O problema do renascimento não é tão intrincado, embora exija, naturalmente, coragem e boa disposição. Caminhem o quanto puderem, avancem pelo menos alguns passos, e evitem contrair novos débitos.

Perpassou o olhar compreensivo e generoso por todos e prosseguiu:

— Se todos temos chagas e desvios para superar e não detemos grandes virtudes e realizações, justificam-se as recapitulações na carne. Ninguém se eleva a pleno Céu, sem estar plenamente quitado com as obrigações da Terra.

— *Quanto mais céu interior na alma, através da sublimação da vida, mais ampla incursão da alma nos céus exteriores, até que se realize a suprema comunhão dela com Deus, Nosso Pai.*[67]

O ensinamento de Antonela era profundo e foi absorvido, não apenas pelos candidatos à próxima encarnação, como por todos os técnicos, mentores e responsáveis por importantes trabalhos na espiritualidade, alguns ali presentes e outros, que, de grande distância, acorreram, como mariposas atraídas pelas maravilhosas luzes de amor e conhecimento que emanavam de Antonela.

— Muitos de vocês passarão por longas moléstias, abençoadas preparações do nosso espírito para a vida maior, e outros terão mortes repentinas, desencarnações aparentemente improvisadas, ocorrências inevitáveis no mapa de trabalho que levam para a reencarnação.

Nesse instante, Antonela aquietou-se. Fechou os olhos e suas luzes lançaram-se ao espaço, à guisa de vertiginosa conexão com seres espirituais. O que uma criatura daquele elevado nível teria a indagar ou se instruir, para dar término ao desiderato de que estava revestida? O que estaria rogando às forças superiores aquele espírito de extraordinária expressão? A sua prece estava saturada de sublime poder e, em breve, suave luz desceu do Alto sobre sua fronte venerável, transfigurando-a.

Uma massa vaporosa tomou conta do ambiente. Como se fosse um grande floco de névoa, emergiu a figura respeitável, de semblante nobre e calmo, do mestre Apolo, que saudou a todos:

— A paz do Senhor esteja conosco. Meus irmãos, serei breve em minhas palavras, porquanto irmã Antonela precedeu-me com inexcedível felicidade em sua exortação.

— Além dos criteriosos preparativos com nossos corajosos trabalhadores que se lançarão à nova jornada terrestre, não podemos esquecer dos familiares que lhes darão apoio e amparo, no sítio terrestre. Os genitores foram contatados pela prestimosa equipe do irmão Manoel e aceitaram amorosamente suas novas tarefas.

— Resta-nos a definição dos parceiros que os secundarão em suas missões. Essa escolha, contudo, deverá ser intentada com a participação dos próprios voluntários. Dessa forma, convido-os agora à reflexão, para que, dos recônditos de suas almas e experiências, façam um sincero, profundo e humilde apelo, com o objetivo de conquistarem a adesão de seus futuros companheiros de jornada, sob as bênçãos de Deus.

Diante dessa oportuna proposta, as dezenas de candidatos à nova encarnação postaram-se, genuflexos, na esperança de obter a aproximação de criaturas simpáticas às suas jornadas, que lhes poderiam proporcionar o suporte logístico necessário à consecução de seus objetivos.

Passaram-se alguns minutos e, dos assistentes presentes, deslocaram-se duas iluminadas e amáveis criaturas: Milene e Sofie. Postaram-se diante das ofuscantes luminosidades de Apolo e Antonela e assim se dirigiram àquelas entidades superiores:

[68]— Venerável benfeitor! Há séculos acompanhamos Petrus e Joanes. Suas dores, foram nossas dores. Seus esforços, foram nossos esforços. Com sua permissão, gostaríamos de compartilhar desse importante momento de suas vidas — manifestou-se Milene.

— Humildemente rogamos — continuou Sofie — a oportunidade de coadjuvarmos os seus esforços restauradores, o que nos representará valiosa bênção.

— O que quer tenha ocorrido no passado, esses irmãos, para nós, sempre foram criaturas gratas ao nosso coração — voltou a se expressar Milene.

— Dessa forma — voltou Sofie —, auxiliá-los ao reerguimento final, para que prossigamos juntos em nossas jornadas evolutivas, para nós representará, não apenas um dever, mas inexprimível felicidade.

Mestre Apolo fitou-as, satisfeito, como se já esperasse aquelas generosas manifestações.

— Sabem vocês que o mergulho na carne os exporá ao acesso de réprobos, suas vítimas do passado distante, que ainda não os perdoaram e procurarão obstar seus atuais nobres projetos, com perseguição implacável?

— Sim, sabemos de tudo isso e estamos prontas a defendê-los e apoiá-los — adiantou-se Milene.

Apolo meditou por alguns instantes e aduziu:

— As pretensões de Joanes e Petrus são nobres. Os verdugos de ontem metamorfosearam-se em valorosos soldados do bem, que, além da oportunidade de saldar seus débitos, procurarão contribuir com o progresso do planeta que os abrigará. Necessitarão, sem sombra de dúvida, do indispensável suporte de nossas instituições.

Nesse momento, Jonakin e Filippo, acompanhados de Palominas, Lorraine e Viviana, acercaram-se de Joanes e Petrus, que, emocionados, não se atreviam a levantar a cabeça, depois da demonstração de amor e solidariedade manifestada por suas futuras companheiras de jornada, Milene e Sofie.

Um sorriso de ventura brilhou na face envelhecida, em sua forma perispiritual, juvenil no olhar, do mestre Apolo. Vasta auréola de cores, qual gema preciosa, irradiou-se de seu semblante. Em amplo abraço espiritual, que mais parecia uma leitosa nuvem, envolveu aquele grupo familiar.

— Não desfaleçam. Vocês serão sustentados por nossas instituições. Mantenham-se firmes, fortes e fiéis e não lhes faltarão as luzes benditas e generosas de Deus, nesta jornada que se inicia.

Após aquelas grandiosas manifestações de apoio e solidariedade, com alegria, Apolo constatou que, a exemplo de Milene e Sofie, dezenas de espíritos se aproximaram daquele grupo preparado por Manoel e seus dedicados companheiros. Cada candidato à nova encarnação iria contar com análogas situações de suporte de companheiros, amigos, pais, avós e filhos, de encarnações anteriores. Além de espíritos ligados familiarmente aos candidatos, aproximaram-se também criaturas que, de alguma forma, foram beneficiadas por eles. Era o momento de retribuírem, em forma de reconhecimento.

Manoel, Otaviano e Marlon — hábeis e categorizados técnicos da espiritualidade —, mesmo já habituados com aquele cerimonial, não deixaram de, mais uma vez, se emocionar, diante da inexorável lei de amor que se manifestava, corporificada nos méritos de seus pupilos, a caminho de novas jornadas.

Discretamente, assim como chegou, mestre Apolo foi diminuindo suas luzes, saiu de cena e partiu em direção à sua morada espiritual.

Antonela tomou novamente a frente dos trabalhos para as palavras finais. Era o momento de reverenciar as benesses provindas das hostes divinas e relembrar, aos futuros encarnados, o bem e a felicidade proporcionados pela prece.

— *Deus, meus filhos, abre os seus tesouros, para nos outorgar todos os benefícios. Ainda somos incrédulos. Se soubéssemos quão grande bem faz a fé ao coração e como induz a alma ao arrependimento e à prece!*

— *A prece! Ah! Como são tocantes as palavras que saem da boca daquele que ora! A prece é o orvalho divino que aplaca o calor excessivo das paixões. Filha primogênita da fé, ela nos encaminha para a senda que conduz a Deus. No recolhimento e na solidão, estejamos com Deus.*

— *Para vocês, que mergulharão no esquecimento terrestre, não haverá mistérios. Eles se desvendarão, se suas almas se desprenderem da matéria e se mantiverem ligadas aos mundos infinitos e etéreos que os pobres humanos desconhecem ou desprezam.*

— *Avancem pelas veredas da prece e ouvirão as vozes dos anjos. Que harmonia! A linguagem dos homens não conseguirá exprimir essa ventura, tão rápida entra ela por todos os poros, tão vivo e refrigerante é o manancial em que, orando, se bebe.*

— *Orem como o Cristo! Carreguem suas cruzes e senti-*

rão as doces emoções, ainda que vergados ao peso de suas dores e obrigações. [69]

***

Após aquele misto de exortação e prece, terminou o encontro e se iniciaram as providências reencarnatórias por intermédio de Manoel e seus técnicos espirituais.

57 – Enfim, novo mergulho às hostes terrenas

[70]Joanes e Petrus renasceram. Tal qual mestre Apolo previra, foram localizados por antigos desafetos que, mesmo transcorridos séculos, mantinham seus rancores. Novamente irmãos, desde pequenos, inexplicavelmente, aos olhos do mundo, encantaram-se com aeronaves e assuntos do espaço. Do plano espiritual, dirigentes e amigos coordenavam seus estudos, tendências e preferências, direcionando-os para os objetivos adrede planejados.

Desde tenra infância, aquelas almas se mostraram sensíveis, humildes, amorosas e fiéis aos princípios definidos para aquela encarnação. Se, no passado, comprometeram-se, ainda que sob circunstâncias atenuantes, e criaram rivais e inimigos, agora lhes surgia a preciosa oportunidade de vencerem a si mesmos, por intermédio de seus empenhos e sacrifícios pessoais, promovendo aproximação e reconciliação. Estavam decididos a aceitar e conviver com as diversidades e principalmente superar aquelas que lhes fossem prejudiciais ao exercício de sua renovação interior.

Desde os verdes anos suas existências transcorriam com o sincero aproveitamento das bênçãos recebidas, buscando desenvolver qualidades morais, caracterizando-se, pela bondade, obediência e docilidade. Tiveram infância tranquila, embora continuamente espreitados pelos antigos desafetos invisíveis, que não conseguiam qualquer acesso ou conexão, pelos serviços regeneradores que logo abraçaram.

Tudo corria sem novidades, com o amparo dos pais e dos benfeitores que os assistiam e agora com o contato de duas amiguinhas. Estrategicamente localizadas nas proximidades de sua moradia, Milene e Sofie, também irmãs, logo se aproximaram, simpatizaram, como se os conhecessem de longa data.

Os laços entre as quatro crianças se fortaleceram de tal forma que, ainda garotos, não se desgrudavam e passaram a projetar suas futuras uniões, quando crescessem.

— Coisa de criança! Isso logo passa... — profetizavam os pais e amigos. Não passou! Dava gosto ver a amizade e o carinho com que se tratavam, que virou coisa séria em suas adolescências. As juras de uniões definitivas entre os dois casais se concretizaram e realmente, logo cedo, perceberam que haviam nascido — cada qual de per si — um para o outro.

Encaminhados para a educação espírita desde pequenos, os quatro logo perceberam a razão maior da afinidade que sentiam. Era realmente coisa do passado, oriunda de compromissos espirituais. Felizes, mentores que os conduziam — principalmente Jonakin e Filippo —, sempre assessorados pelas indefectíveis *madrinhas* — Palominas,

Lorraine e Viviana — acompanhavam os progressos de seus protegidos.

Quando chegaram aos quatorze anos, a pressão dos inimigos do passado se acentuou. Aproveitando-se das eventuais rememorações do passado delituoso, os obsessores se infiltraram pelos canais do remorso — segundo André Luiz, *imperiosa força a serviço da Divina Lei* — e tentaram iniciar um processo de perturbação dos jovens, buscando a vingança e o desvio de seus projetos.

Os rapazes, contudo, encontraram imediatamente os antídotos necessários para o fortalecimento de suas defesas, refugiando-se na manutenção dos seus princípios nobres. Apoiados, na Terra, por Milene e Sofie e, na espiritualidade, pelas três *madrinhas*, mantinham-se no hábito da oração, no entendimento fraterno, na prática do bem e no cumprimento de suas obrigações, infalíveis recursos de equilíbrio.

Com a manutenção desses esforços, receberam vultosa colaboração das esferas patrocinadoras de sua atual encarnação, com vistas ao seu integral aproveitamento. Atendendo às sugestões dos que os protegiam, Petrus e Joanes se converteram em — conforme palavras de André Luiz — *médicos de si mesmos*, única fórmula para que enfermos encontrem suas definitivas curas.

Além das atividades ligadas ao campo da aeronáutica, que iriam lhes permitir colaborar efetivamente com o progresso tecnológico dos homens, agora, já crescidos, consolidaram suas convicções e se tornaram espíritas atuantes.

Nessa época, passaram a participar — juntamente com Milene e Sofie — de reuniões mediúnicas, nas quais se abeberavam de constantes inspirações e esclarecimentos dos guias desencarnados. Foi numa reunião dessas que receberam a graça de uma extraordinária mensagem. Não era, todavia, uma comunicação dos mentores maiores. Muito pelo contrário...

58 – Extraordinária mensagem

Estavam todos reunidos — Joanes, Petrus, Milene e Sofie — em reunião espírita mediúnica que habitualmente frequentavam, quando ouviram a orientação dos mentores.

— Teremos agora a manifestação de um irmão que, representando um grupo de espíritos ligados a Joanes e Petrus há muitos anos, tem um importante comunicado a lhes fazer.

Os dois irmãos remexeram-se em suas cadeiras, confiantes de que seriam palavras de muita valia, tanto para seus aprendizados, como para o futuro projeto que iriam levar adiante.

Pelo aparelho medianímico ouviu-se a seguinte mensagem:

Venho despedir-me. Durante anos eu e meu grupo vimos atormentando vocês dois, dispostos a vingar-nos do que nos fizeram em vida anterior. Foi algo muito grave e terrível, que motivou todo o nosso empenho.

No entanto, confesso que fomos vencidos pelos seus comportamentos. Sentimo-nos impotentes para agredir espiritualmente vocês dois, que foram muito maus no passado, mas hoje revelam uma vocação para o bem que nos comove e nos confunde.

Saibam que suas ações, seu empenho de renovação, muito mais do que suas preces, acabaram por conter o braço da vingança.

Tudo o que lhes peço, agora, é que nos perdoem e continuem orando por nós. Somos os infelizes que um dia se deixaram iludir pela ideia de que a vingança nos traria paz.

Uma paz que nunca tivemos enquanto os perseguíamos, uma paz que esperamos conquistar seguindo o mesmo caminho que vocês vêm trilhando.

Se me é permitido evocar Deus, peço ao Criador que os abençoe e tenha compaixão de nós. [71]

Ao término daquela sincera e importante mensagem, Joanes e Petrus precisaram ser amparados por Sofie e Milene, pois não conseguiram sofrear suas lágrimas.

Encerrando a reunião, comunicou-se Filippo:

— Nesta noite, tivemos mais uma demonstração da misericórdia divina. Alegrem-se, queridos irmãos, mas não pensem que a luta terminou. Graças à persistência no bem, vocês conseguiram anular uma parte de suas dores. Continua a batalha, que, lhes asseguro, não será fácil e nem indolor. Orem, agradecendo a Deus as dádivas desta noite. Não deixem, todavia, de dar continuidade às tarefas com que se comprometeram, em seu processo reencarnatório.

Mantenham-se firmes no hábito da oração, na prática do bem e no cumprimento de suas obrigações!

Assim é que, gerando novas causas com o bem, praticado hoje, podemos interferir nas causas do mal, praticado ontem, neutralizando-as e reconquistando, com isso, o nosso equilíbrio.

André Luiz

59 – Atraídos pelo perigo

Recordemo-nos, caro leitor, das provações escolhidas por Joanes e Petrus que, embora estivessem encobertas pela névoa do esquecimento, direcionavam suas atuais tendências, esforços e preferências.

Assim, da forma que postularam junto às autoridades celestiais, encaminharam seus estudos e preparativos para as atividades no campo da aeronáutica, paixão de ambos, desde a tenra infância.

Ansiavam participar de grandes projetos que ajudassem no aperfeiçoamento de modernas máquinas, as quais muito iriam contribuir para o desenvolvimento tecnológico dessa área. Sabiam que o específico campo que os atraía, o da altitude, envolvia riscos contra suas próprias existências.

Embora tivessem consciência de que, em última instância, a ocorrência de eventuais falhas ou erros poderia redundar em acidentes, possivelmente fatais, não os atraía a morte e sim as vidas que pudessem poupar com seus trabalhos, estudos e sacrifícios.

Seus parceiros espirituais serviam-se das fiéis protetoras, agora encarnadas, Sofie e Milene, tanto para manter os protegidos equilibrados e vinculados ao caminho do bem, como para facilitar seus estudos e pesquisas, que atingissem o alcance pretendido.

Os protetores perceberam que se aproximavam os momentos decisivos que iriam culminar com as provações escolhidas. Não obstante, infundiam neles bom ânimo, com a absoluta certeza de que guardavam fidelidade aos sublimes ideais da espiritualidade, em permanente contato com as fontes da Vida.

***

As exigências da aviação do século XXI se lhes mostraram, logo de início, com elementos de uma atividade extremamente complexa. Jamais imaginaram, Joanes e Petrus, que existissem tantas criaturas idealistas, dedicadas e, como eles, profundamente apaixonadas pelo que faziam. O objetivo era de melhorar continuamente a eficiência das aeronaves, em suas características e atividades, como alcance, velocidade, capacidade de carga, facilidade de manobra, dirigibilidade, segurança, autonomia e custos operacionais.

Antigamente feitas de madeira, a grande maioria das aeronaves passaram a ser construídas com materiais compostos — alumínio e fibras de carbono —, bem como foram equipadas com computadores, que muito contribuíram com o desenvolvimento dos novos modelos e seus componentes.

Cedo aprenderam que uma aeronave nova é como uma criança que está aprendendo a andar.[72] Além disso, para serem pilotos de testes — objetivo almejado por ambos — deveriam dedicar-se à engenharia aeronáutica, que norteava a coleta de dados durante os primeiros voos dos protótipos e avaliava suas características, a fim de legitimar seus projetos, principalmente sob o aspecto de segurança.

Matemática, física, mecânica, eletrônica, além dos conhecimentos gerais de aeronáutica, exigiram concentração de esforços dos postulantes à seleção dos cursos de ensaios em voo, popularmente chamados de pilotos de prova.

Depois de, aproximadamente, oitocentas horas de voo, sendo duzentas em aeronaves a jato, Joanes e Petrus tornaram-se especialistas do programa operacional destinado aos testes das novas aeronaves. Faziam parte de equipe de profissionais indispensáveis nos processos de desenvolvimento e homologação dos projetos dos novos aviões, testando-os e validando-os, antes de serem produzidos em série.

60 – Chegou a hora?

Depois de alguns anos de estudo e treinamento, Joanes e Petrus já pertenciam ao seleto grupo de especialistas em pilotar aeronaves em fase experimental, em importante empresa aérea brasileira. Depois de validar muitos projetos, sentiram que estavam fazendo história e contribuindo largamente com o progresso do país. Sua adaptação foi se tornando cada vez mais rápida, tornando-os preparados para testar qualquer tipo de avião.

A paixão por aquela atividade os impulsionava a buscar sempre novos desafios e a participar de missões que lhes valeram aprendizado e contato com a vanguarda tecnológica.

E foi essa competência que chamou a atenção dos altos escalões da empresa para a qual trabalhavam. Um novo protótipo havia sido desenvolvido, mas apresentava várias inconsistências, que impediam até a realização dos primeiros testes de voo.

Os dois irmãos aviadores foram chamados para conhecer o laboratório em que a nova aeronave estava sendo desenvolvida. Somente essa visita, porquanto haviam sido escolhidos dentre dezenas de profissionais, já representava alto valor agregado em seus currículos. Mais do que isso, foram convidados a conhecer e observar o simulador do modelo em desenvolvimento, com cabine em tamanho real, com o máximo de realidade possível, a fim de detectar as falhas que estavam impedindo a sua validação.

Assim que terminaram os testes, Petrus confabulou com Joanes, que confirmou suas suspeitas. Juntos, sugeriram mudanças no avião em testes, ainda em solo, objetivando garantir a segurança de pilotos e passageiros.

Essas modificações propostas mudaram o rumo do projeto e, em pouco tempo, a aeronave estava pronta para o primeiro ensaio. E que pilotos foram chamados para terem a honra do primeiro voo? Exatamente, caro leitor, Joanes e Petrus.

***

Fazemos uma pequena pausa em nossa narrativa para informar que, a exemplo do que sempre faziam, antes de se aventurar em suas missões, os dois irmãos, acompanhados de suas respectivas esposas, compareceram mais uma vez ao centro espírita que habitualmente frequentavam. Queriam fazer suas orações e pedir a proteção do Alto para o perigoso trabalho que iriam executar.

Jonakin e Filippo, desde que receberam a missão do mestre Apolo, que descrevemos logo no início dos nossos relatos, jamais se afastaram dos nossos principais personagens. Cumprindo fielmente os compromissos assumidos por ocasião dos intensos preparativos para a atual experiência física, acompanharam meticulosamente o andamento das vidas de Joanes e Petrus.

Os dois mentores sabiam que se aproximava o momento crucial. Assim como fizeram constar nos arquivos da espiritualidade, iniciava-se o processo que culminaria com o desencarne dos dois jovens, tal qual solicitaram, para que se sentissem quitados com a justiça divina.

Sabiam, todavia, que suas companheiras, Milene e Sofie — por seus níveis de adiantamento espiritual, pelo envolvimento que tinham, há séculos, com todo o arcabouço de experiências de seus amados e, principalmente, pelos constantes contatos com o plano maior —, passariam a sofrer fortes inquietações.

Embora o sutil véu do esquecimento reencarnatório obstasse o acesso a detalhes, começaram a surgir nas duas irmãs uma forte intuição de que o fim das atuais vidas de seus queridos se aproximava. Orientadores espirituais sabiam que essa reação poderia ocorrer e ali estavam, para pacificar suas preocupações.

Naquela noite, uma entidade muito especial se comunicou. Obedecendo rigorosamente aos padrões constantes das obras básicas de Allan Kardec e de normas traçadas por espíritos que os sucederam, como é o caso de André Luiz, as comunicações mediúnicas ocorriam sempre dentro de absoluta disciplina, geralmente com a manifestação de um comunicante por vez. Aquela noite era, contudo, muito especial.

Demonstrando certa ansiedade, Milene iniciou o diálogo com um dos dirigentes. Sofie, ao seu lado, também queria ter contato com a espiritualidade. E foi por isso que, dali a momentos, por intermédio de outro aparelho medianímico, manifestou-se Filippo, compondo a conversa entre dois desencarnados e duas encarnadas.

Não nos esqueçamos, caro leitor, de que Milene e Sofie são espíritos que já detêm bom nível de esclarecimento e, até pouco tempo atrás, eram protetoras espirituais de Joanes e Petrus. Solicitaram o mergulho na carne para coadjuvar suas atuais vidas, pelas dificuldades que iriam enfrentar.

—Querem falar comigo? — manifestou-se Jonakin.

61 – Preocupações e esclarecimentos

Milene e Sofie estavam preocupadas. Em decorrência da atividade profissional que seus maridos escolheram, com riscos constantes, já haviam passado inúmeras vezes por essa situação. Nunca, porém, ficaram tão inseguras e inquietas. Algo lhes dizia, desta vez, que as coisas poderiam não correr bem.

— Amigo Jonakin, há procedência para nossos temores? — disse Milene, iniciando o diálogo.

— Nossos maridos efetivamente devem se preocupar? — complementou Sofie.

— Minhas filhas — começou a falar Jonakin. Em mais de uma oportunidade já lhes dei ciência da liberdade que seus maridos tiveram para escolher as atividades de risco que exercem, mesmo antes de ingressarem nesta encarnação. Tiveram seus motivos, que devem ser respeitados.

— Da mesma forma — deu sequência Filippo —, intuitivamente ambas têm noção de suas ligações pretéritas com eles, bem como do acompanhamento que fizeram nos planejamentos de suas atuais vidas, naturalmente enevoados pelo esquecimento da matéria.

— Sabemos de tudo isso e respeitamos os compromissos assumidos — voltou a falar Milene.

— Não seria o caso, no entanto, de se fazer uma nova avaliação, considerando os progressos realizados por eles? — argumentou Sofie.

Diante do silêncio dos mentores, Joanes e Petrus, que se encontravam no recinto e, até então haviam se mantido em silêncio e reflexão, adiantaram-se e pediram permissão ao esclarecedor que conduzia a reunião mediúnica para se dirigir aos mentores espirituais.

— Peço licença — falou Joanes — e me dirijo aos protetores Jonakin e Filippo, em nome de nós dois, para dizer que entendemos e aceitamos as generosas observações de nossas esposas. No entanto, de nossa parte, unicamente pleiteamos, se possível, que nos acompanhem em nossas empreitadas, emprestando-nos o seu discernimento e equilíbrio, para fazermos o melhor.

— Tomamos todas as precauções e nos preparamos por vários meses, da melhor maneira possível — complementou Petrus. Estamos dispostos a enfrentar o que for necessário, inclusive o nosso desencarne, se assim a espiritualidade entender que seja a hora e o melhor para o prosseguimento de nossa jornada evolutiva.

— Meus amigos e irmãs. A Deus cabe a sentença final. Posso lembrá-los de que há determinadas disposições, geralmente traçadas por nós mesmos, ou com a nossa concordância, que obedecem a imperativos maiores, não compreendidos quando estamos revestidos do escafandro material — falou Jonakin.

— Estamos, todavia — complementou Filippo —, atentos a todas as circunstâncias que atualmente vigoram em suas vidas. Confiem em Deus, orem e façam o melhor.

— Ainda nesta noite, peçam aos protetores espirituais que os conduzam. Se houver permissão, obterão melhores esclarecimentos pelas vias do sono — disse Jonakin, encerrando a conversa.

De volta aos seus lares no mesmo veículo, Milene e

Sofie mal abriram suas bocas, contrastando com a habitual alegria e descontração dos dois rapazes. Voltavam mais preocupadas do que chegaram. Entenderam — de certa forma — que realmente tinham suficientes razões para suas apreensões.

Aquela noite mal havia se iniciado e já lhes reservava novas informações, dignas de reflexão.

62 – Estranha procissão

Uma verdadeira procissão de entidades partiu para o plano espiritual, iniciando a jornada noturna. Sofie, Milene, Palominas, Lorraine e Viviana, acompanhadas por Janis e Francesca, foram recebidas por Jonakin e Filippo. Juntaram-se a eles Otaviano — responsável pelo setor de reencarnações — e Marlon — chefe do serviço de recordações. Naquele grupo estavam reunidos quase todos os espíritos interessados no futuro evolutivo de Petrus e Joanes.

Em silêncio, o grupo volitou em direção às paragens em que poderiam encontrar Antonela, espírito de alta envergadura espiritual, a quem poderiam recorrer. Se alguém podia fazer alguma coisa por Petrus e Joanes, seria ela, dada a sua elevada condição espiritual, com acesso ao mestre Apolo. Assessores da mentora os receberam e, por julgarem justo o pleito, viabilizaram rapidamente a entrevista:

— Como posso ajudá-los? — assim iniciou a conversa a luminosa figura, cuja presença exalava equilíbrio, suaves fragrâncias primaveris, agradável e contagiante bem-estar, por trás de sutil névoa semitransparente.

Sofie e Milene pediram permissão para Jonakin e Filippo e adiantaram-se:

— A mentora amiga — começou Sofie — sabe há quanto tempo acompanhamos a vida desses dois personagens, nossos atuais companheiros de encarnação terrestre.

— Um dos motivos pelo qual oferecemo-nos para acompanhá-los no importante mergulho reencarnatório — continuou Milene — foi lhes servir de apoio, nos momentos que presentemente antecedem sua desencarnação.

— E entendem que estão alcançando esse desiderato? — indagou Antonela.

— Eles não são mais os mesmos — retomou Sofie.

— Sim — animou-se Jonakin. Sabemos que, quando estamos internados na esfera da carne, sofremos a aproximação de antigos comparsas de nossos delitos. Sou testemunha de que eles se tornaram criaturas dedicadas, fiéis aos compromissos assumidos, a ponto de motivar até o afastamento de infelizes irmãos que antes os perseguiam.

— Pelos acompanhamentos do nosso setor de reencarnações — manifestou-se Otaviano —, constatamos que ambos vêm se mantendo de acordo com o planejamento reencarnatório com que se compromissaram conosco, como verdadeiros completistas[73], aproveitando todas as possibilidades construtivas que o corpo terrestre lhes ofereceu, até o presente momento.

— É preciso relembrar — aduziu Marlon, do setor de reminiscências — que quanto mais avançamos em lucidez, abarcamos mais domínios da memória[74] e nos recordamos de situações menos felizes. Estes irmãos, mesmo agraciados com a benevolência de amigos e com o perdão de velhos desafetos, jamais condescenderam com suas próprias fraquezas. Isto é, não se perdoaram e solicitaram espontaneamente aos nossos instrutores a encarnação que estão vivenciando atualmente.

— Note, amiga benfeitora, como eles passaram a pensar nas necessidades dos outros — voltou a falar Sofie —, a começar de mim e de Milene, que somos agraciadas diariamente com sua atenção e carinho, além de um vasto número de pessoas que com eles convivem, em seus trabalhos, ou fora deles, em suas incursões por regiões carentes e necessitadas.

— Sim — voltou a falar Milene —, estão acumulando mais créditos em suas fichas de trabalho, substancializando a fé e o conhecimento que os mensageiros do Alto lhes confiaram nas obras de genuíno amor fraternal. As pessoas são atraídas por suas consolidadas e irradiantes bondades, comovidas por sua abnegação, em torno da qual se sentem felizes em gravitar.[75]

E sucederam-se os depoimentos dos demais componentes da caravana, aduzindo argumentos, situações e comportamentos que acumulavam mais e mais créditos para Joanes e Petrus.

— Sim — finalmente expressou-se a nobre mentora Antonela. Temos acompanhado, com alegria, os progressos desses irmãos. E qual é a reivindicação de vocês?

— Pleiteamos que mestre Apolo reexamine a situação de ambos e considere a possibilidade de uma mudança de planos — finalmente se manifestou Jonakin.

— Sabemos da necessidade e entendemos os benefícios que a dor nos traz, às vezes como único remédio para o saneamento de desarranjos do passado. Do nosso ângulo espiritual, a dor é o momento do acerto com a nossa intimidade e a nossa consciência. No entanto... — interrompeu Filippo suas considerações, diante do expressivo olhar de Antonela.

— Continue, irmão Filippo.

— Não teria já agido o amor, antes da dor, cobrindo a multidão de seus pecados? Seus débitos mais expressivos não estariam aliviados ou até quitados diante da promissora colheita de méritos que a semeadura da presente vida lhes anunciou? — concluiu Filippo.

— Não mereceriam uma mudança de destino? *Misericórdia quero, não sacrifício* — disse Jonakin, sintetizando a larga argumentação do grupo, parafraseando a frase de Jesus, registrada pelo evangelista Mateus.[76]

Quando estavam no meio da sólida argumentação com que defendiam os outrora desarvorados, agora criaturas renovadas, ao lado de Antonela surgiu uma luz maravilhosa. Mestre Apolo apareceu, feliz com as reinvindicações, porquanto ele também acompanhara, com alegria, a renovação de Joanes e Petrus, constatando, até aquele momento, o sucesso do projeto espiritual que os envolvia.

A um significativo olhar de Apolo, aquietaram-se todos, diante de sua promessa de que iria, ao lado de Antonela, analisar detidamente as generosas reivindicações ali trazidas. No entanto, não deveriam criar expectativas e novas esperanças, pois compromissos assumidos no processo de reencarnação deveriam ser respeitados e mantidos.

— Por melhor que seja a conduta que atualmente esteja balizando a vida de nossos queridos irmãos — encerrou Apolo —, em muitas ocasiões os maiores benefícios para o espírito surgem exatamente nas dores que funcionam como válvulas de drenagem das deficiências espirituais que ainda povoam a intimidade das nossas consciências.

63 – Testes rigorosos

Milene e Sofie voltaram tristes daquela importante excursão espiritual. Guardavam perfeita consciência de que tudo estava certo e que as coisas corriam exatamente como haviam sido traçadas.

Não deixavam de lamentar, no entanto, a iminente partida daqueles dois jovens tão produtivos, engajados em importantes projetos, tanto profissionais, quanto filantrópicos, sociais, de estudo e de reforma íntima, não apenas a benefício de si próprios, mas principalmente de outras criaturas.

No dia seguinte, quando seus companheiros partiram para suas missões, reuniram alguns irmãos mais próximos, na casa espírita que frequentavam, a fim de novamente orar, em atitude de submissão às diretrizes traçadas e, ao mesmo tempo, de aproximação com os protetores espirituais.

Bastaram alguns instantes de reflexão para sentirem claramente a presença de Palominas, Viviana e Lorraine, as velhas conhecidas que não desgrudavam de seus pupilos. À medida que oravam, sentiram o envolvimento de suave névoa que acalmou suas inquietações.

— Senhor Jesus e anjos guardiães — rogou Milene —, se nossos amados tiverem que sucumbir, que se cumpra a vontade de Deus. Pedimos que eles sejam acompanhados pelos mentores maiores, de forma que possam se manter calmos, vigilantes e atentos, em condições de aplicar todos os seus conhecimentos durante os embates que enfrentarão. Se, por outro lado, puderem permanecer nesta vida por mais tempo, certamente darão continuidade às atividades profícuas que até hoje desenvolveram.

— Compreendemos, Senhor, — continuou Sofie — que eles podem ser chamados de volta à espiritualidade a qualquer momento. Pedimos sua inspiração e aceitação em relação ao que não pode e não deva ser mudado. Todavia, se puderem continuar mais tempo nesta encarnação, temos certeza de que suas vidas serão empregadas de forma útil, de reparação de seus passados e totalmente voltadas para o bem que esteja ao nosso alcance.

Após a sentida prece, o grupo se viu envolvido por doce paz, sabendo que o melhor estava sendo feito, de acordo com os ditames divinos.

***

— Quem foi Alberto Santos Dumont?

— Obviamente — responderá o caro leitor —, um aeronauta, esportista e grande inventor brasileiro. E, embora os americanos *puxem as brasas para as suas sardinhas*, creditando aos seus patrícios o mérito da invenção do primeiro avião, para nós, os brasileiros, ele representa a grande contribuição para que chegássemos à criação do avião, como o conhecemos hoje.

Para os especialistas da atualidade, no entanto, antes mesmo de suas festejadas conquistas, Santos Dumont foi o responsável pela criação de planos de ensaios de seus artefatos. Com destacada percepção dos riscos inerentes à atividade aeronáutica, ele simulava as movimentações previstas, para prévia verificação do comportamento que poderia ocorrer nas próximas tentativas.

A partir de Santos Dumont, portanto, surgiu a averiguação preventiva do comportamento de uma nova aeronave, antes de seu lançamento para o primeiro voo e também durante a sequência crítica dos voos subsequentes, que era incluída no seu desenvolvimento e na sua homologação.

Além dessa averiguação, os ensaios em túneis de vento, com maquetes representativas, com simulação do comportamento em voo, passaram a fazer parte dos passos iniciais da aprovação de um novo avião. Considere-se, todavia, que todas essas medidas preventivas não eliminavam totalmente as incertezas dos voos iniciais. Havia situações, inclusive, em que, se não houvesse sinalização garantida do sucesso de uma produção em série, ela seria descontinuada, com desistência do projeto.

Existiram casos, por exemplo, na literatura aeronáutica, em que ocorreu perda do controle do protótipo e, mesmo com abandono da aeronave, ocorreram colisões em pleno ar, enrosco de paraquedas, com impacto fatal com o solo e falecimento do piloto. Nessas situações, procedeu-se à interrupção do programa, até que as causas do acidente fossem determinadas.

***

Assim que Joanes e Petrus acionaram a aeronave, seus sistemas começaram a ser testados para, em seguida, taxiarem na pista para a decolagem.

Estavam acompanhados de um engenheiro especialista em aeronavegabilidade, um representante da Agência Nacional da Aviação Civil e um engenheiro que atuaria como inspetor-chefe. Este último assumiu a responsabilidade pela conferência geral do ensaio e verificação de documentos, danos físicos, vazamentos, reparos estruturais, seguindo um *checklist* do órgão estatal.

Decolaram de uma base aérea localizada no interior do Estado de São Paulo e utilizaram espaço aéreo exclusivo para testes, localizado numa área triangular fora das rotas aéreas convencionais.

Durante o voo, o trem de pouso foi aberto, com maior exigência da potência das turbinas. A seguir, um dos motores foi desligado, obrigando a aeronave a se manter em voo com apenas um motor. Depois foi testado o sistema hidráulico e avaliado o seu comportamento, em caso de eventual pane.

A seguir, iniciou-se o *estol*, termo aeronáutico que significa perda de sustentação. Os pilotos diminuíram a velocidade e fizeram a aeronave literalmente iniciar queda na posição horizontal, popularmente chamada *de barriga*, por diversos metros. O objetivo era verificar a estabilidade e o poder de recuperação do avião, em possíveis situações de pane ou outros incidentes que pudessem ocorrer no ar.

Após a retomada dos controles, o engenheiro foi verificar o funcionamento dos compartimentos de bagagens, dos banheiros e dos espaços destinados aos comissários de bordo.

Depois de outras manobras, algumas extremamente arriscadas, a equipe se deu por satisfeita. O produto final — a informação — estava quase totalmente alcançado. Até aquele momento, os instrumentos haviam atendido perfeitamente aos comandos dos dois pilotos.

Então, Petrus e Joanes receberam ordens de retorno dos controladores de tráfego aéreo, em terra, que acompanhavam e monitoravam o percurso da aeronave, e prepararam-se para voltar à base.

Mentalmente, os dois amigos endereçaram ao Alto suas orações, entendendo que, talvez, as preocupações de suas esposas, Milene e Sofie, tivessem sido infundadas, ou, o que seria mais provável, gozaram da proteção de seus mentores espirituais. Não era cedo, todavia, para comemorarem seus sucessos?

64 – O acidente

A aeronave em teste encontrava-se quase no limite da extensão máxima do espaço aéreo destinado àquela operação. Petrus e Joanes começaram a posicioná-la para as derradeiras manobras que faziam parte dos protocolos de seu ensaio. Voavam rápido e baixo, simulando incursão abaixo do radar.

Em dado momento, ambos tiveram que corrigir alguns dados de navegação nos computadores da aeronave e voltaram, simultaneamente, suas atenções para dentro da cabine e não para o espaço ou a paisagem que os circundavam. Estavam lá com suas digitações quando, de repente, ouviram um estrondo e depois vários outros, que fizeram o grande avião tremer, várias luzes se acenderem e sons de alarme dispararem.

Instintivamente, tentaram fazer com que o avião subisse, mas com que visibilidade? O vidro da cabine de comando estava completamente estilhaçado, tapando completamente a visão.

Pássaros em revoada — possivelmente garças, ou outras aves de tamanho similar, que viviam na área do rio que estavam sobrevoando colidiram violentamente com o nariz do avião, em trajetória longitudinal. Provavelmente, o baixo ruído das turbinas, que se propaga para trás, tornou mais difícil para as aves detectarem a sua aproximação.

Ao se perceberem em voo totalmente cego, os pilotos imediatamente diminuíram a velocidade, com receio de que o vidro, embora construído com ligas metálicas capazes de resistir a grandes impactos, pudesse se romper totalmente, obrigando-os a um pouso de emergência, naquele caso, em pleno rio.

Um pássaro apenas, de peso aproximado de 1,5 kg, por exemplo, provoca um impacto de cerca de cinco toneladas. E aquelas várias aves possivelmente haviam causado mais estragos.

Joanes e Petrus, experientes e calmos, notaram imediatamente que uma das turbinas começou a *pipocar*, a vibrar, e o avião começou a *derrapar* para o lado do intenso barulho. Possivelmente um dos pássaros havia sido *ingerido* pelo motor, que começou a tossir e cuspir fogo, com sinais de que as palhetas poderiam roçar as paredes do motor, com sérios riscos de ocorrer o despalhetamento das peças da turbina, obrigando-os a desativação imediata.

Sem visibilidade, baixa velocidade e voando com apenas uma turbina, em baixa altitude: este o primeiro diagnóstico repassado para a torre de controle, que os obrigou ao acionamento do código 7700, no *transponder*[77], reportando a situação de emergência.

Esses foram apenas os primeiros problemas detectados. Aparentemente, os pássaros acertaram em pontos que foram cortando uma série de cabos e destruindo várias caixas de disjuntores do avião, o que provocou a perda parcial do sistema elétrico e de uma série de instrumentos, permanecendo apenas a bússola, um horizonte artificial, um indicador de velocidade analógico e rádios de comunicação, sendo estes alimentados por uma bateria de emergência com duração de apenas vinte minutos.

Joanes e Petrus precisavam tomar uma decisão imediata, ou teriam que seguir os procedimentos de segurança que determinavam o direcionamento da aeronave para região desabitada — no caso em pleno rio que sobrevoavam —, poupando, tanto quanto possível, vidas terrestres.

Entenderam os dois pilotos que, possivelmente, estavam se concretizando as previsões de suas esposas e, realmente, estava chegando a hora de seus desencarnes. Sem se descuidar dos instrumentos que lhe restavam, trocaram rápido aperto de mão direita com esquerda, em sinal de cumplicidade e de solidariedade. Fariam de tudo para se safar daquela complicada situação, embora, intuitivamente, entendessem que nada daquilo era por acaso. Muito provavelmente, aquele instante havia sido previsto, por eles mesmos, na época em que planejaram as presentes encarnações.

Seus alarmes foram detectados por radares localizados em Curitiba, Brasília e Pirassununga. Por instrumentos, se conseguissem manter o avião no ar, poderiam ser conduzidos para uma de duas alternativas: para o sul do rio que sobrevoavam, distando 80 quilômetros, onde se localizava um aeroporto convencional, aparentemente o destino mais próximo e mais recomendável para uma tentativa de pouso; ou ao norte do rio, a 140 quilômetros de distância, uma base aérea militar.

Teria chegado o momento final de suas vidas?

65 – Aparições providenciais

Quando se preparavam para optar pela primeira alternativa, isolados na cabine de comando, enquanto os demais componentes da equipe de teste afivelavam seus cintos de segurança e se mantinham sentados e confiantes na perícia dos dois pilotos, apesar dos vidros estilhaçados, que ainda se mantinham milagrosamente unidos e estruturados, Joanes e Petrus viram surgir as figuras de Jonakin e Filippo, seus fiéis amigos espirituais.

Emocionaram-se, os dois pilotos, com a proteção que a espiritualidade lhes estendia. Ou estavam ali para prepará-los para o desencarne, ou para orientá-los para a salvação naquele momento crucial, evidentemente autorizados pelas autoridades superiores. Em fração de segundos entenderam o motivo daquela providencial presença.

Portando estranho instrumento, que Joanes e Petrus

jamais haviam conhecido em seus estudos aeronáuticos, Jonakin lhes indicava, em imagem perfeitamente visível, que o destino recomendado era exatamente o mais longo, em direção à base aérea de Pirassununga.

Embora não pudessem desenvolver grande velocidade e fossem obrigados a voar a baixa altitude, se nenhuma peça crucial se desintegrasse, 140 quilômetros de distância, para um avião do porte que pilotavam, representavam aproximadamente 18 a 20 minutos de voo, tempo quase exato da duração das baterias de emergência.

Controladores de voo e demais componentes da equipe do avião não entenderam a opção dos pilotos. E, para dizer a verdade, nem mesmo eles estavam certos de ter feito a melhor opção. Simplesmente confiaram nos protetores espirituais. Eles deveriam ter seus motivos para os orientar tão claramente para aquela alternativa tão improvável.

A turbina esquerda comportava-se muito bem, dando conta da manutenção do curso em direção à base aérea que haviam escolhido.

***

Em terra, as mulheres mantinham-se em oração, certas de que os maridos precisavam de suas vibrações positivas e da proteção do Alto. Elas sabiam que, não obstante seus conhecimentos e competência, Petrus e Joanes corriam perigo e só não desencarnariam se lhes fosse concedida excepcional moratória de vida.

Com fé, tinham perfeita consciência de que intercessões de preces ardentes poderiam conquistar dilações de vidas oportunas, para espíritos que, não obstante débitos pretéritos, mantinham-se fiéis às suas obrigações. Sabiam e confiavam que providências poderiam ser improvisadas, para que se amenizassem os rigores das provações programadas.

***

Durante quanto tempo aguentaria o motor remanescente conduzir aquela enorme carcaça voadora, projetada para voar com duas turbinas? E não era apenas chegar ao aeroporto escolhido. Como fazer a aproximação final sem visibilidade e com parcos instrumentos funcionando perfeitamente?

Os controles estavam pesados, a maioria somente com cabos. Teriam que acioná-los no braço, sem a ajuda dos sistemas, como se estivessem dirigindo um carro sem direção hidráulica. Esse era, no entanto, um problema a ser resolvido quando chegassem às proximidades do aeroporto, se chegassem...

Sem um motor, com baixa potência, o remanescente não poderia ser forçado em demasia, para que suportasse a carga, em voo controlado.

Haveria, com certeza, bombeiros na pista, o que é habitual, quando uma emergência é declarada. Aquela viagem de volta seria a mais longa das vidas daquela pequena tripulação.

A par das naturais preocupações dos pilotos, a equipe espiritual tomava suas providências. Filippo se aproximou do engenheiro especialista em aeronavegabilidade, que se encontrava no avião, atado ao seu cinto de segurança, e lhe sussurrou alguma coisa ao ouvido.

Incontinenti, parecendo ter tido uma ideia luminosa, o profissional se levantou e foi em direção à cabine de comando. Lá chegando, indagou aos dois pilotos:

— Algum de vocês conhece o ILS CAT III C? [78]

— Sim, nós dois estamos treinados e certificados. Por quê?

— Se estamos indo para Pirassununga, como pude deduzir pela posição do sol, vocês poderão fazer a aproximação de modo automático, pois esta aeronave está aparelhada para isso. Uma rede de antenas de rádio desenhará uma rampa de descida e os sistemas de navegação que lhes restam indicarão a direção correta da pista.

— Sabemos disso — disse Joanes. Não tínhamos certeza de que o aeroporto de destino havia instalado esse sistema.

— Mesmo assim — argumentou Petrus —, sem qualquer visibilidade, ainda que o radar esteja nos guiando, como chegar precisamente à cabeceira da pista?

Quase que respondendo à incômoda pergunta, nesse instante emparelharam-se, um de cada lado, dois caças provindos da base aérea de Pirassununga, que iriam acompanhá-los e lhes passar informações e indicações, incluindo ângulo de rampa para pouso, até a cabeceira da pista.

Naquele instante, Joanes e Petrus se entreolharam. Jonakin e Filippo tinham, realmente, suficientes razões para direcioná-los para aquele aeroporto mais distante. Além de todo o aparato especializado de uma avançada base aérea militar, que havia destacado dois de seus melhores pilotos para guiá-los na aproximação final, vinha agora, pelo engenheiro, a preciosa informação de que lá estava instalado um dos sistemas de pouso mais avançados do mundo. Será que aqueles espíritos protetores eram também especialistas em aeronáutica?

***

Após 17 minutos de voo, com bateria de emergência e turbina esquerda comportando-se a contento, o líder dos caças, ao lado esquerdo da aeronave, deu indicações de que era hora de acionarem o sistema ILS CAT III C, e que rezassem para que ele ainda estivesse funcionando.

Quando chegaram próximo à cabeceira da pista, ao que deduziram, pois nada viam pelo vidro estilhaçado, os dois caças arremeteram, enquanto Joanes e Petrus mergulhavam na hipotética rampa de descida desenhada pelo equipamento denominado *Glide Slope*[79], que teria a função de indicar, o mais precisamente possível, a direção e a rampa correta da pista.

Quando estavam na altitude de 100 pés, aproximadamente 30 metros de altura, momento final de arremeter se alguma coisa estivesse errada, Filippo abriu sua janela lateral e colocou a cabeça para fora. Quando viu, ainda que parcialmente, que estavam se aproximando de uma imensa pista de pouso, gritou, emocionado, para Joanes, que se mantinha atento aos controles:

— Vamos aterrissar, o sistema funcionou!

O avião tocou em terra abruptamente e quis subir novamente. Joanes segurou-o no chão. Quando Filippo, de volta ao seu posto, pisou nos freios, o avião perdeu a reta para a direita e quase saiu da pista. Com manobra rápida, conseguiu mantê-lo em solo, embora bem na lateral do espaço para aterragem. Não poderiam pisar forte nos freios, com perigo de uma guinada e sair de uma vez do curso final. Assim, o avião manteve a reta, mas ainda com uma certa velocidade. Quando estavam quase chegando ao limite do espaço, a experiente equipe militar em terra acionou uma grande barreira de emergência, que finalmente deteve o avião em segurança.

Imediatamente o avião foi cercado por várias viaturas dos bombeiros, que evacuaram a aeronave, embora, teoricamente não houvesse risco de explosão, com os tanques de combustível quase em seus limites mínimos.

Assim que desceram do avião, instintivamente Joanes e Petrus se ajoelharam, em oração, e viram, perfeitamente, Jonakin e Filippo, sorrindo, felizes, por terem sido autorizados a manter seus *afilhados* por mais tempo na experiência terrena.

66 – Heróis ou protegidos?

Um dia depois da ocorrência, Joanes e Petrus foram chamados pela empresa responsável pelos testes da aeronave que pilotaram. Foram recebidos pelos três controladores de voo que os acompanharam, desde o início do ensaio, pela equipe que os recebeu na base aérea e viabilizou a operação de salvamento e aterrissagem, e pela pequena tripulação que os acompanhou, composta pelo engenheiro de navegação, pelo representante da Aviação Civil e pelo inspetor-chefe da operação.

Assim que chegaram, foram cercados e receberam os agradecimentos e aplausos de todos, inclusive por algumas autoridades da aeronáutica que ali se encontravam para homenageá-los.

Foi naquele momento que tomaram conhecimento da gravidade do acidente. Os colegas em terra acompanharam apreensivos aquela quase meia hora de voo, tempo interminável, considerando que, com os danos sofridos pela aeronave, havia poucas chances de aterrissarem em segurança.

Joanes e Petrus creditaram os méritos às equipes que os assistiram do solo, aos projetistas e fabricantes da resistente aeronave que pilotaram. Todos ali, no entanto, sabiam muito bem que sobreviveram graças à perícia e à assertividade das decisões e das operações dos dois exímios pilotos.

Milene e Sofie, que os acompanharam naquele dia, permaneceram de longe, felizes e gratificadas com as justas homenagens oferecidas aos seus maridos.

Fazendo uso da palavra, Joanes atribuiu a relevância do acontecimento aos seus protetores espirituais, que, claramente, os orientaram para as decisões acertadas que tomaram. Ninguém, ali, nem mesmo homens mais cépticos, pouco ligados à religião, ousaram discordar daquele corajoso testemunho de fé e reconhecimento.

***

— Boa noite, meus filhos — cumprimentou Jonakin, dando início à comunicação mediúnica no centro espírita em que estavam Joanes e Petrus, suas esposas e amigos que haviam ficado na retaguarda, em oração, quando estavam passando pelos apuros do acidente aéreo.

— Queremos externar os nossos sinceros agradecimentos — começou Petrus — pela confiança e disposição de nos salvar, num dos momentos mais graves de nossas vidas.

— Sim — continuou Joanes —, se não houvesse a sua interferência e a do mentor Filippo, teríamos optado pela alternativa incorreta, que fatalmente inviabilizaria a assistência que nos prestaram.

— Na verdade percebemos que, enganosamente, a primeira alternativa se lhes afigurava como a mais viável, pela distância que vocês estavam do aeroporto ao sul do rio que sobrevoavam. Seu treinamento, contudo, não lhes deu acesso às informações que detínhamos, porquanto nosso sistema, aqui da espiritualidade, está um pouco mais atualizado do que os da Terra — brincou, espirituosamente Filippo.

Assumindo agora uma postura absolutamente concisa e compenetrada, Jonakin expressou-se seriamente:

— Não agradeçam a nós e sim a vocês mesmos. As intercessões que lhes foram hipotecadas muito sensibilizaram nossos superiores espirituais. O que prevaleceu, todavia, para que seus destinos se alterassem foi, sem dúvida, o comportamento com que vêm pautando suas vidas até o presente momento.

— Temos permissão — assumiu Filippo — para informar que, realmente, essa viagem seria o ponto de retorno à vida espiritual, de acordo com planejamento acordado com nossos técnicos especializados em serviços de reencarnação.

— No entanto — continuou Jonakin —, o serviço, a transformação e a persistência no bem que regeram suas condutas, falaram mais alto.

Milene, Sofie, Petrus e Joanes estavam extremamente sensibilizados com aquelas importantes revelações.

— A responsabilidade de vocês, a partir de agora — voltou a falar Jonakin —, acresce-se do dever de corresponderem a mais este investimento que a espiritualidade maior direcionou no prosseguimento de suas atuais encarnações.

— Honrem a moratória que lhes foi concedida — falou Filippo —, deem continuidade às obras que vêm construindo, reconheçam e valorizem o fundamental apoio que suas companheiras Milene e Sofie lhes vêm emprestando e cheguem até o limite das possibilidades construtivas que lhes foram outorgadas, nesta encarnação terrestre.

E assim rigorosamente procedeu aquela abençoada dupla, sob as bênçãos das autoridades celestes, que jamais os abandonaram, bem como a tutela de suas protetoras Milene e Sofie, encarnadas, e de Palominas, Viviana e Lorraine, da dimensão espiritual.

EPÍLOGO

30 anos mais tarde...

No saguão do hospital não cabia mais qualquer pessoa. Da mesma forma, no centro espírita, aglomeravam-se dezenas de amigos e frequentadores, na maioria, pessoas que guardavam alguma gratidão ou admiração por Joanes e Petrus.

Todas elas, apreensivas, oravam desesperadamente pelos dois. Embora ambos já estivessem com idades avançadas, não passava pela cabeça delas a possibilidade de seus desencarnes, que se avizinhava breve.

O que mais temiam as suas já septuagenárias protetoras, ainda encarnadas — Milene e Sofie — bem como as eternas protetoras desencarnadas — Palominas, Lorraine e Viviana — era a possibilidade da criação de uma teia de retenção, capaz de dificultar o desligamento dos espíritos de seus protegidos, que se preparavam para voltar à espiritualidade.

***

A esse respeito, julgamos oportuna a transcrição, aqui, de algumas palavras de Richard Simonetti sobre esse assunto, contida em sua página *O chá da meia noite*, do seu livro *Para rir e refletir*:

— *O problema maior dos que partem são os que ficam. Os familiares, não raro em desespero, cercam o leito, em ardentes orações, implorando a complacência divina. Não conseguem encarar a separação. Todos pensam em si, na sua perda pessoal. Esquecem o enfermo, em quem pesam os anos e as do-*

res, para o qual a morte será abençoada libertação. Produzem a chamada "teia de retenção".

— *Sustentam, magneticamente, com sua inconformação, o moribundo. Não evitam a morte. Prolongam a agonia. O paciente, que poderia libertar-se em alguns minutos, levará horas, ou dias, em sofrimentos desnecessários. Não obstante seu valor, experimentam agonia prolongada, em face da "teia de retenção", sustentada por milhares de beneficiários de sua generosidade. Isso porque eles não conseguem encarar com serenidade o retorno do benfeitor à vida espiritual.*

— *Daí*, conclui Simonetti, *ocorre a intervenção da espiritualidade, promovendo a chamada melhora da morte. Com a melhora, familiares e amigos respiram aliviados, relaxando a vigília. Com isso, rompe-se a teia de retenção e o passageiro do além pode partir.*

***

Por esse motivo, do hospital, ao lado dos leitos de Petrus e Joanes, Milene e Sofie pediram a alguns companheiros de confiança que não deixassem de orar e, ao mesmo tempo, orientar os agrupamentos que se formavam, no sentido de colocarem os destinos de seus amados nas mãos da Providência Divina. Não estavam pedindo que desejassem as mortes de seus maridos e sim que assumissem a desejada postura de submissão à vontade de Deus e dos elevados mentores que, com certeza, dirigiam com presteza todos os acontecimentos.

Jonakin e Filippo, naturalmente, ali estavam e conduziam as ações em torno dos queridos *completistas*[80], que se preparavam para retornar às hostes celestes.

***

[81]Joanes e Petrus gastavam os derradeiros recursos da resistência. Jonakin e Filippo colaboravam para aliviar as últimas dores e as naturais sensações relativas ao desencarne. Mantinham-se calmos e lúcidos, perfeitamente conscientes do caminhar ao termo da experiência terrestre, quais inquilinos irremediavelmente condenados à expulsão de suas próprias casas. Esperavam apenas o sinal de partida para a grande romagem. Ainda assim, estavam serenos e conservavam a acuidade mental.

— Joanes e Petrus, amigos queridos, — disse Jonakin, dirigindo-se a eles — como se sentem, no limiar da vida verdadeira?

— Gratificado — respondeu Joanes, em pensamento, como se conversasse consigo mesmo.

— Reconhecido — adiantou-se Petrus, da mesma forma, por fios invisíveis de seu cérebro.

— Sabem que eu e Filippo estamos aqui para assisti-los e acompanhá-los?

— Sim, — disse Joanes. Além de vocês, estamos nos sentindo bafejados pelas orações de nossas queridas, aqui presentes, além de inúmeras manifestações de apreço de amigos, de que não somos efetivamente dignos.

— Além disso — voltou a se manifestar Petrus — estamos tendo a graça de vislumbrar uma pequena parcela da glória universal, que desperta as nossas mais sublimes esperanças, que permite que sonhemos com o acesso às esferas divinas.

— Com isso — emitiu Joanes —, torna-se menos

difícil aceitar perfeitamente o relativo desconforto deste momento sagrado.

Felizes, Jonakin e Filippo constataram que seus esforços redundaram em feliz quitação das dívidas de seus *afilhados*, porquanto, não obstante as dores por que passaram, elas não geraram novas dores e nem novas aflições em torno deles. Pelo contrário, dezenas de almas, naquele instante, manifestavam o seu preito de admiração e gratidão àqueles vencedores que se preparavam para retornar ao plano espiritual.

— *Quando os espíritos aprendem a acatar os celestes desígnios, entre a conformação e a humildade, trazem consigo o sinal da dívida expirante* — assim Jonakin encerrou a conversa, parafraseando André Luiz, em *Ação e Reação.*

Como se fossem filhos do coração, os dois protetores enlaçaram-nos, com carinhoso enternecimento e pediram o amparo divino para ambos. Como não dispunham de autoridade para desligá-los do corpo, comunicaram os missionários da libertação, para que viessem em socorro daqueles nobres companheiros.

Nesse instante, o quarto foi inundado de tênue claridade, pela chegada de irmã Antonela. Como se liderasse uma divina procissão, a mentora trazia consigo, qual longo caudal brilhante, todos os espíritos que mais diretamente estiveram ligados a Joanes e Petrus, durante suas jornadas terrestres.

A exemplo dos encarnados que lhes davam o apoio e o respaldo vibratório para sua iminente partida, um abençoado círculo começou a se formar em torno dos dois, como se preparassem para alçar voo ao espaço.

Ali estavam: Aparício, Francesca, Janis, Leonardo, Paola, Lorraine, Palominas, Viviana, Jonakin e Filippo.

Aquele radioso e suave halo luminoso envolveu Joanes e Petrus, facilitando o trabalho dos libertadores para o desligamento de seus corpos. Prodigiosas cores e luzes espargiram-se por aquele quarto de hospital, transformando-o, momentaneamente, em uma extensão de alguma irradiante organização espiritual.

Então, ainda sob as atitudes genuflexórias de Milene e Sofie, que direcionavam as vibrações dos credores encarnados de seus amados maridos, para se juntarem ao halo brilhante que emanava do improvisado círculo, Antonela orou:

— Obrigado Senhor, por suas dádivas. A missão destes nobres servos foi cumprida. Permita que os levemos de volta às suas moradas, para que possam, finalmente, dar prosseguimento às suas caminhadas espirituais.

A seguir, além dos libertadores que haviam acabado de desatar os últimos laços perispirituais, juntaram-se ao grupo os técnicos Otaviano, do setor de planejamento de reencarnações e Marlon, do setor de reminiscências, que completaram aquele círculo de amigos e irmãos. Como se fosse uma nave espacial, lenta e gradativamente o grupo começou a alçar voo, levando, em seu centro, Joanes e Petrus, de volta à espiritualidade.

***

Estranhará, talvez, o caro leitor, que Joanes e Petrus hajam desencarnado ao mesmo tempo. Entendo que essa foi uma opção pessoal desses personagens, atendida pela espiritualidade. Para chegar a essa vitoriosa encarnação, sofreram e se prepararam juntos. Viveram e iriam desencarnar juntos, em acidente aéreo, se não fossem premiados com a justa moratória. Pediram e foram atendidos pela espiritualidade maior para partir ao mesmo tempo, em direção à pátria verdadeira.

Algum tempo depois repetiu-se o mesmo fenômeno. Primeiro com Milene e, depois de mais alguns meses, com Sofie, as heroínas que acompanharam a vencedora epopeia. Cada uma a seu tempo, também desfrutaram do merecido retorno aos espaços imateriais, após o cumprimento da missão que haviam abraçado junto a Joanes e Petrus.

Encerramento

Assembleia de notáveis. Assuntos de alta envergadura e de interesse à evolução da Terra. Apolo iniciou sua palestra.

— Irmãos, tempos atrás, nesta mesma assembleia, fomos procurados por três espíritos integrantes de comissões e agrupamentos de socorro a ignorantes e sofredores da crosta terrestre. Aqui compareceram revestidos, temporariamente, da aparência infantil.

— Naquela ocasião, aqui estiveram Viviana, Lorraine e Palominas, com a gravidade de quem necessitava de socorro para a tarefa que haviam abraçado. Hoje elas aqui retornam com outra disposição.

Naquele instante, Apolo acionou o mesmo dispositivo que havia disponibilizado a entrada das, naquela época, criancinhas, que agora se apresentavam como luminares espíritos, com a aparência perispiritual que mais lhes agradava. Entraram acompanhadas de Milene, Sofie, Jonakin e Filippo, que traziam seus protegidos Joanes e Petrus.

Dezenas de espíritos presentes sentiram-se novamente comovidos, com a elevada vibração que, quais pétalas de flores, exalava daquele grupamento que havia vencido as barreiras e alcançado os objetivos traçados.

O mestre voltou a se dirigir a todos:

— Se, naquela oportunidade, visualizamos imagens que sintetizavam a missão desta equipe, hoje podemos nos alegrar com os sucessos alcançados, pois seus componentes aqui retornam vitoriosos. Depois de largos decênios de lutas, demonstram a necessária condição para se encaminhar às esferas mais elevadas.

— Todos já detêm o mérito imprescindível, para a merecida ascensão espiritual.

Nesse momento, Otaviano e Marlon também adentraram o recinto, corroborando, com sua presença, a posição do grupo presente, carinhosamente analisada por eles, como técnicos de suas respectivas áreas, no Ministério do Esclarecimento. Depois de séculos de aprendizado digno, demonstravam agora ter obtido a condição específica indispensável para a subida a planos mais altos.

— *Ninguém se eleva a pleno Céu sem plena quitação com a Terra* — voltou a falar Apolo. *Nossa ascensão gradativa está condicionada ao merecimento. Quanto mais céu interior na alma, através da sublimação da vida, mais ampla incursão da alma nos céus exteriores, até que se realize a suprema comunhão com Deus, nosso Pai. Nenhuma felicidade será verdadeira em nós, sem a implícita aprovação de nossa consciência.*[82]

Emudecidos pela emoção, Jonakin, Filippo, Milene, Sofie, Palominas, Lorraine, Viviana, Joanes e Petrus foram envolvidos pelo abraço de Antonela, que ficara à retaguarda, mas estivera acompanhando, emocionada, durante todo o tempo, aquele sublime encontro.

Apolo aproximou-se, enlaçou-os paternalmente e, pousando o olhar em todos, assim se expressou:

— Deus os abençoe, meus filhos! Jamais abdiquem dos imensos esforços e da determinação que demonstraram na missão que acabaram de cumprir. Vão em paz...

Embora o ambiente festivo, os protagonistas daquela gloriosa jornada estavam perfeitamente conscientes de que haviam vencido apenas mais um degrau em suas escalas evolutivas. Cônscios dos trabalhos que os aguardavam e louvando o serviço que, em toda a parte é atividade divina e abençoada, postaram-se em respeitosa atitude que os remeteria ao futuro que estava só começando.

Seus entendimentos estavam dilatados, com novas fontes de luz fluindo para seus reservatórios de conhecimento. Silenciou o instrutor, sorriu Antonela, aquiesceram os técnicos da espiritualidade. Joanes e Petrus dirigiram seus olhares de agradecimento a todos que os auxiliaram, ao tempo em que sentiram pequeninas pétalas graciosas, como forma de endosso à elevação que haviam conquistado. Os iluminados irmãos sentiram que suave força começou a conduzi-los, lentamente, para novas paragens de trabalho, até que se distanciaram dos olhares prestimosos de seus protetores e desapareceram em direção aos seus gloriosos destinos.

FIM

Richard Simonetti

Este livro levou três vezes mais tempo para ser escrito do que eu esperava, devido às sugestões e observações de gratos amigos que fizeram-me *reescrevê-lo* várias vezes.

Tenho que destacar a imprescindível ajuda de Richard Simonetti —, sonho de qualquer escritor — que, além de conhecer o assunto tratado intimamente, teve o dom raro de me ajudar a encontrar o jeito certo de dizer o que eu gostaria de passar aos meus leitores.

Ele me fez rever várias vezes os meus escritos, premiando-me com a sensação de que consegui errar o menos possível. Com sua impiedosa tesoura, iniciou-me no caminho da síntese e do breviário, o que resultou num livro mais leve e, espero, agradável.

A Richard Simonetti, mestre, orador e autor de — por enquanto — quase setenta livros, o meu agradecimento por ter se debruçado sobre este livro e por suas generosas correções.

Agradecimentos

Capitão Alexandre Tercioti, Fábio Freire Lara, Mauro Sebastião Pompílio, Milton Puga e Renato Leandro de Oliveira.

Agradeço às pesquisas empreendidas por Carlos Eduardo Noronha Luz e seu precioso texto sobre amor e ódio, criado especialmente para este livro.

Imensamente agradecido pelas sugestões e pacientes revisões de Aylton Paiva, Edmir Garcia, Edson de Oliveira, Francisco Habermann, José Mauro Progiante e Richard Simonetti.

Minha esposa, Ivete Cristina, a quem especialmente agradeço, pelo apoio na elaboração, escolha do título e sugestões para a capa deste livro.

COMENTÁRIOS DOS REVISORES

Edson de Oliveira

A presente obra de Sidney Fernandes nos transporta a compartimento espiritual que nos esclarece e solidifica em nossas mentes a certeza das vantagens do reconhecimento de nossos erros e do perdão incondicional.

Os personagens Joanes e Petrus só depois de séculos de perseguições mútuas, ofensas, desaforos, vinganças, agressões e, conseguintemente, sofrimentos; aguilhoados pelos dissabores de encarnações insípidas, chegam à conclusão de que, só o perdão e o respeito às leis Divinas, nos proporcionam a vitória e o reencontro com o conforto espiritual.

Com o seu característico poder de comunicação, facilidade de expressão e demonstração inequívoca de grande conhecedor do Espiritismo, Sidney faz cristalizar-se, no leitor, a certeza de que o mal só destrói, enquanto que os atos nobres, o amor ao próximo, a ajuda àquele que sofre, o perdão a quem nos ofende, só nos favorecem e nos impulsionam rumo à perfeição.

Verdade inconteste, porém, rejeitada pelos espíritos trevosos.

Aylton Paiva

Temos diante de nossos olhos e mente a intrigante história narrada por Sidney Fernandes sobre os dramas da vida do ser humano e do espírito imortal. No relato do processo evolutivo de um grupo de espíritos, dois se destacaram por terem se acorrentado pelos elos do ódio e da vingança. Elos terríveis.

No entanto, por mais que o ódio e o egoísmo pretendam se eternizar, as leis divinas, misericordiosas e justas, refletem os programas educativos da sabedoria e do amor, usando, quando necessário, a pedagogia corretiva e restauradora do reequilíbrio expressa na manifestação física ou moral da dor.

E nesse esforço aprimorativo, Sidney, admiravelmente, com as luzes do Espiritismo, apresenta o amor divino, manifestando-se até mesmo em um fenômeno teratológico: irmãos xifópagos. Sobretudo, destaca a força das ações no bem, capazes de diminuir ou eliminar o sofrimento, e que o amor é a força eficaz para refazer os destinos, objetivando a felicidade.

Edmir Garcia

Sob a luz que liberta *é por si só uma expressão que encerra a essência do pensamento espírita. Ao narrar os acontecimentos de um grupo de espíritos entrelaçados em suas jornadas evolutivas, Sidney Fernandes consegue nos levar a reflexões importantes sobre nossas relações familiares e com pessoas que compartilham mais de perto a trajetória terrena conosco.*

A Doutrina Espírita supera a ideia de que somos vítimas de situações e/ou espíritos, sejam eles encarnados ou desencarnados. Todas as experiências estão profundamente relacionadas com nossas escolhas e suas respectivas consequências.

A compreensão deste conceito faz com que os problemas sejam vividos por nós de maneira mais leve, tornando a superação menos difícil.

Os leitores desta obra terão a oportunidade de entender melhor as relações no mundo espiritual, os planejamentos reencarnatórios e como a ação no bem é fundamental para a quitação de nossos débitos pretéritos e consequente reorganização de nossos caminhos como espíritos imortais.

José Mauro Progiante

Ninguém será um bom escritor se não for um bom leitor.

Os livros de Sidney Fernandes revelam que ele conhece e segue essa recomendação. Mais uma vez nos apresenta um trabalho de grande originalidade, embasado em muita pesquisa.

Ao misturar ficção e conhecimento espírita, realiza muito bem seu ideal de divulgar o Espiritismo como escritor e entrega ao leitor a possibilidade de se envolver numa história edificante e, querendo, ir mais além, consultar as referências e assim utilizar a obra como material de estudo.

Para mim o maior mérito de **Sob a luz que liberta** *é fundamentar-se na série de livros escritos por André Luiz, psicografados pelo médium Chico Xavier, cujas informações sobre a vida no mundo espiritual, o processo da reencarnação, os mecanismos do intercâmbio mediúnico, a obsessão e tantos outros temas são revelações indispensáveis à compreensão da vida e dos problemas humanos.*

Neste novo livro, Sidney revela profundo conhecimento da obra de André Luiz e consegue enxertá-la em essência no enredo.

Só isso já justifica a leitura.

Francisco Habermann

O autor já é conhecido pelo seu ágil poder de detalhamento nas particularidades dos mecanismos de justiça segundo a Doutrina Espírita que conhece profundamente. Neste livro, detalha os meandros das situações de espíritos endividados na busca da redenção.

Descreve situações delicadas no mundo encarnado quando aqueles espíritos voltam à Terra, interligados como xifópagos. Diante da decisão de médicos encarnados que se propõem a aliviar a condição de interdependência forçada, o autor faz descrição muito realista dos cuidados pré, intra e pós cirúrgicos, não deixando dúvida quanto ao seu adequado assessoramento nesta área técnica.

Descreve com fundamentos da fisiologia corporal aquela condição orgânica interligada. Relata a complicada e exaustiva intervenção cirúrgica separatória na condição especialíssima gemelar xifópaga.

Chama a atenção, que o autor destaca, para o intenso esforço do plano espiritual na possível ajuda permitida em condições reais críticas de nossa existência, especialmente em situações limites da sobrevivência corporal, sejam de recém-nascidos ou adultos.

Navega, ainda, com desenvoltura, entre detalhes técnicos aeronáuticos precisos e emocionantes.

É leitura recomendável e muito instrutiva.

BIBLIOGRAFIA DO AUTOR

01 – REENCONTRO 2012
Crônicas e histórias.
Editora: CEAC

02 – EM SINTONIA COM O AMOR 2013
Comentários sobre O Sermão da Montanha.
Editora: CEAC

03 – SER FELIZ É UMA ARTE 2014
Crônicas e dissertações da atualidade.
Ênfase para a conquista da felicidade.
Editora: CEAC

04 – SER FELIZ É UMA DECISÃO 2015
Crônicas e dissertações da atualidade.
Ênfase para a conquista da felicidade.
Editora: CEAC

05 – Dr. GALTON -
O RESTAURADOR DE PASSADOS 2015
Romance. Ênfase para traumas psicológicos, TVP – Terapia de Vidas Passadas, processos obsessivos, perdão, reconciliação e proteção espiritual.
Editora: CEAC

06 – AMOR PURO E VERDADEIRO 2016

Crônicas e dissertações da atualidade.
Ênfase para o amor materno.
Editora: CEAC

07 – LUZES EM PARIS 2016

Romance. Ênfase para a codificação, obras básicas e páginas selecionadas da Revista Espírita, tendo por pano de fundo a Paris do século XIX e a epopeia vivida por Allan Kardec.
Editora: CEAC

08 – LUZES NO BRASIL 2017

Romance. Ênfase para a educação, codificação, transposição da árvore do evangelho, reencarnação de franceses e amplo projeto da espiritualidade para o Brasil.
Editora: CEAC

09 – SOB A LUZ QUE LIBERTA 2018

Romance. Estudo da situação espiritual.
Excertos da Coleção A vida no mundo espiritual, *de André Luiz – Francisco Cândido Xavier.*
Ênfase para as consequências da rebeldia, do ódio e da vingança de espíritos que, durante séculos, recusavam-se a perdoar e a se regenerar.
Editora: CEAC

NOTAS EXPLICATIVAS

(Endnotes)

1 Referência ao aeróbus, carro aéreo citado no livro *Nosso* Lar, de André Luiz – Francisco Cândido Xavier.

2 Informações sobre colônias de ódio e miséria moral, deste capítulo, foram retiradas dos livros *E a vida continua* e *Libertação*, de André Luiz – Francisco Cândido Xavier.

3 Texto inspirado em *Hamlet*, de William Shakespeare.

4 Resposta de Jonakin respaldada nas questões nº 860 e 921, de *O Livro dos Espíritos*, de Allan Kardec.

5 Textos adaptados de *No Mundo Maior*, de André Luiz – Francisco Cândido Xavier.

6 Texto adaptado de Superinteressante, *http://super.abril.com.br/historia/a-verdadeira-historia-do-verdadeiro-dracula/*.

7 Texto transcrito do livro *Dramas da Obsessão*, de Adolfo Bezerra de Menezes – Yvonne do Amaral Pereira.

8 Texto adaptado da história real que inspirou versos da *Divina Comédia*, de Dante Alighieri.

9 Questão nº 116, de *O Livro dos Espíritos*, de Allan Kardec.

10 Texto de Emmanuel, retirado do livro *O Consolador* – Francisco Cândido Xavier.

11 Texto adaptado de *Ação e Reação*, de André Luiz – Francisco Cândido Xavier.

12 Questão 1004, de *O Livro dos Espíritos*, de Allan Kardec.

13 Texto adaptado de *O Céu e o Inferno*, de Allan Kardec.

14 Página *Semeadura e Colheita,* transcrita do livro *Endereço Certo*, de Richard Simonetti.

15 *O Céu e o Inferno*, de Allan Kardec.

16 Parte do texto *Ensaio Teórico da Sensação nos Espíritos*, retirada de *O Livro dos Espíritos*, de Allan Kardec.

17 Partes deste texto foram retiradas e adaptadas dos capítulos *Débito Estacionário* e *Almas Enfermiças*, de autoria de André Luiz, do livro *Ação e Reação* – Francisco Cândido Xavier.

18 Referência ao aparelho *psicoscópio*, citado no livro *Nos Domínios da Mediunidade*, de André Luiz – Francisco Cândido Xavier.

19 Questões 204, 209, 211 e 213 de *O Livro dos Espíritos*, de Allan Kardec.

20 Partes deste texto foram retiradas e adaptadas do capítulo *Processo Redentor*, de autoria de André Luiz, do livro *No Mundo Maior* – Francisco Cândido Xavier.

21 Algumas partes deste capítulo foram adaptadas do texto *Almas Enfermiças*, do livro *Ação e Reação*, de André Luiz – Francisco Cândido Xavier.

22 Descrição de Belfegor, um dos símbolos de Satanás, contida no livro *Ação e Reação*, de André Luiz – Francisco Cândido Xavier.

23 Questão 549, de *O Livro dos Espíritos*, de Allan Kardec.

24 Questão 550, de *O Livro dos Espíritos*, de Allan Kardec.

25 Referência ao livro *O Retrato de Dorian Gray*, retirada do livro *Libertação*, de André Luiz – Francisco Cândido Xavier.

26 A maioria das informações relativas ao plano espiritual deste capítulo tiveram como fonte o livro *Ação e Reação*, de André Luiz – Francisco Cândido Xavier.

27 Indagação transcrita e adaptada do capítulo 1, *Ouvindo Elucidações*, do livro *Libertação*, de André Luiz – Francisco Cândido Xavier.

28 Espíritos protetores.

29 Informações extraídas do Cap. 19 do livro *Missionários da Luz*, de André Luiz – Francisco Cândido Xavier.

30 Informações extraídas do Cap. 19 do livro *Missionários da Luz*, de André Luiz – Francisco Cândido Xavier.

31 Texto adaptado da página *Alienação Mental* – do livro *Religião dos Espíritos*, de Emmanuel – Francisco Cândido Xavier, e do artigo *Profilaxia da Alienação*, de Richard Simonetti.

32 Texto adaptado de *Ação e Reação*, de André Luiz – Francisco Cândido Xavier.

33 Texto parcialmente extraído e adaptado de *Missionários da Luz*, de André Luiz — Francisco Cândido Xavier.

34 Texto adaptado do capítulo 12, *Preparação de Experiências*, do livro *Missionários da Luz*, de André Luiz – Francisco Cândido Xavier.

35 Partes do texto adaptadas de *Gêmeos Siameses: punição, redenção ou libertação*, artigo de Eduardo Augusto Lourenço.

36 Questão 213, de *O Livro dos Espíritos*, de Allan Kardec.

37 Capítulo XIX, Simbiose Espiritual, do livro *Evolução em Dois Mundos*, de André Luiz – Waldo Vieira e Francisco Cândido Xavier.

38 Sinopse de Eurípedes Kühl, do livro *Evolução em Dois Mundos*, de André Luiz, realizada pelo Instituto André Luiz.

39 Texto parcialmente extraído e adaptado do artigo *Gêmeos Siameses*, de autoria de Márcia Pacciulio, publicado por *Verdade e Luz*, edição nº 301, de fevereiro de 2011.

40 *As Irmãs Siamesas na Ótica Espírita*, Paulo da Silva Neto Sobrinho.

41 Questões 212 e 213, de *O Livro dos Espíritos*, de Allan Kardec.

42 Dados retirados e adaptados de entrevista com o neurocirurgião Doutor Benjamin Carson, concedida no 10º Congresso de Neurocirurgia Pediátrica, realizado em João Pessoa, bem como da sinopse do filme *Mãos Talentosas*, com direção de Thomas Carter, inspirado em sua história.

43 *Libertação*, livro de André Luiz — Francisco Cândido Xavier.

44 *Leis de Amor*, de Emmanuel – Francisco Cândido Xavier.

45 Texto inspirado e adaptado do capítulo 12, *Preparação de Experiências*, do livro *Missionários da Luz*, de André Luiz — Francisco Cândido Xavier.

46 Informações extraídas, adaptadas e resumidas do capítulo 22 — *Os Que Dormem*, do livro *Os Mensageiros, de André Luiz — Francisco Cândido Xavier.*

47 *Libertação,* livro de André Luiz — Francisco Cândido Xavier.

48 Os textos deste capítulo foram baseados em informações prestadas por Mauro Sebastião Pompílio, dirigente e esclarecedor de reuniões mediúnicas do Centro Espírita Amor e Caridade de Bauru.

49 *Missionários da Luz*, livro de André Luiz — Francisco Cândido Xavier.

50 Salmos 23:1 a 6.

51 Texto adaptado do livro *Missionários da Luz*, de André Luiz – Francisco Cândido Xavier.

52 Livro *Iniciação do Espiritismo*, de Therezinha Oliveira.

53 Livro *Nosso Lar*, de André Luiz – Francisco Cândido Xavier.

54 Adaptação do texto de Roberto Pompeu de Toledo, publicado na *Veja São Paulo.*

55 Adaptação de parte da Oração de Druso, contida no livro *Ação e Reação,* de André Luiz – Francisco Cândido Xavier.

56 Texto adaptado do capítulo 5, *O Poder do Amor*, do livro *No Mundo Maior*, de André Luiz – Francisco Cândido Xavier, e baseado no artigo *O Transe Mediúnico*, de autoria de Marta Antunes de Moura, publicado no site da FEB – Federação Espírita Brasileira (http://www.febnet.org.br/blog/geral/colunistas/o-transe-mediunico/).

57 O texto deste capítulo foi adaptado e calcado, quase que em sua íntegra, incluindo expressas transcrições, no capítulo 5, *O Poder do Amor*, do livro *No Mundo Maior*, de André Luiz – Francisco Cândido Xavier.

58 Capítulo inspirado e adaptado do livro *Ação e Reação*, de André Luiz – Francisco Cândido Xavier.

59 Informações obtidas no livro *Nosso Lar*, de André Luiz – Francisco Cândido Xavier.

60 *Ação e Reação*, de André Luiz – Francisco Cândido Xavier.

61 Ideia geral e alguns textos foram inspirados ou transcritos do capítulo 18, *Resgates Coletivos*, do livro *Ação e Reação*, de André Luiz – Francisco Cândido Xavier.

62 Informações obtidas no capítulo 12, *Preparação de Experiências*, do livro *Missionários da Luz*, de André Luiz – Francisco Cândido Xavier.

63 Texto adaptado de *Missionários da Luz*, de André Luiz – Francisco Cândido Xavier.

64 Textos inspirados e adaptados dos livros *Missionários da Luz, E a Vida Continua* e *Ação e Reação,* de André Luiz – Francisco Cândido Xavier.

65 *Missionários da Luz*, de André Luiz – Francisco Cândido Xavier.

66 A fala da mentora Antonela teve como fonte o capítulo *Preparação de Experiências*, do livro *Missionários da Luz*, de André Luiz – Francisco Cândido Xavier, e o texto *Miniaturização do Espírito*, de Ricardo Di Bernardi, contido em seu livro *Temas Polêmicos do Século XXI.*

67 *Ação e Reação*, de André Luiz – Francisco Cândido Xavier.

68 As manifestações das personagens Milene e Sofie foram adaptadas do capítulo *No Círculo de Oração*, do livro *Ação e Reação*, de André Luiz – Francisco Cândido Xavier.

69 Adaptação de prece de Santo Agostinho, recebida em Paris, em 1861, contida no capítulo XXVII, de *O Evangelho Segundo o Espiritismo*, de Allan Kardec.

70 Partes deste capítulo foram inspiradas em textos dos livros *No Mundo Maior* e *Ação e Reação*, de André Luiz – Francisco Cândido Xavier.

71 Adaptação de texto de Richard Simonetti, contido no livro *Depressão, Uma História de Superação.*

72 Definição do piloto militar de prova Eitel de Melo Sousa, formado no Reino Unido e um dos criadores dos *Ensaios em Voo da Aeronáutica Brasileira.*

73 Expressão utilizada por André Luiz, no livro *Missionários da Luz, psicografia de Francisco Cândido Xavier.*

74 André Luiz, em *Ação e Reação*, psicografia de Francisco Cândido Xavier.

75 Capítulo 16, *Débito Aliviado*, do livro *Ação e Reação*, de André Luiz, Francisco Cândido Xavier.

76 Evangelho de Mateus, capítulo 9, Versículo 13.

77 Dispositivo essencial para o controle efetivo do tráfego aéreo com indicações codificadas da identificação, situação e altitude da aeronave.

78 ILS CAT III C é o sistema de pouso mais avançado do mundo, capaz de levar o avião, mesmo sem visibilidade, até a pista, com segurança, desde que avião, pilotos e aeroporto estejam aparelhados, certificados e homologados.

79 A aproximação ILS (Instrument Landing System) é também chamada de *Aproximação de Precisão* (Precision Approach) por contar com as informações do Localizador em VHF (Very High Frequency) e do Glide Slope em UHF (Ultra High Frequency), fornecendo informações para o alinhamento com o eixo da pista e com a trajetória.

80 Expressão utilizada por André Luiz, em seu livro *Missionários da Luz*, que designa espíritos que aproveitaram todas as possibilidades possíveis construtivas, que suas encarnações terrestres lhes ofereceram.

81 Texto adaptado de *Dívida Expirante*, do livro *Ação e Reação*, de André Luiz – Francisco Cândido Xavier.

82 Adaptação de texto contido no capítulo 18, *Resgates Coletivos*, do livro *Ação e Reação*, de André Luiz, Francisco Cândido Xavier.

REENCONTRO
SIDNEY FERNANDES
14X21
168 PÁGINAS
HISTÓRIAS E REFLEXÕES
ISBN: 978-85-86359-94-1
WWW.EDITORACEAC.COM.BR

EM SINTONIA COM O AMOR
SIDNEY FERNANDES
14X21
192 PÁGINAS
DISSERTAÇÕES
ISBN: 978-85-8279-005-2
WWW.EDITORACEAC.COM.BR

SIDNEY FERNANDES
DR. GALTON
14X21
288 PÁGINAS
ROMANCE
ISBN: 978-85-8279-026-7
WWW.EDITORACEAC.COM.BR

SIDNEY FERNANDES
AMOR PURO E VERDADEIRO
14X21
160 PÁGINAS
DISSERTAÇÕES
ISBN: 978-85-8279-028-1
WWW.EDITORACEAC.COM.BR

SIDNEY FERNANDES
LUZES EM PARIS
14X21
320 PÁGINAS
ROMANCE
ISBN: 978-85-8279-031-1
WWW.EDITORACEAC.COM.BR

SIDNEY FERNANDES
LUZES NO BRASIL
14X21
352 PÁGINAS
ROMANCE
ISBN: 978-85-8279-036-6
WWW.EDITORACEAC.COM.BR

CEAC
EDITORA